Fischer TaschenBibliothek

Kate Roseberry ist als »Weihnachtsengel« bekannt. Sie bringt mit ihrer Dekorationsfirma festlichen Glanz in die Büros und Einkaufszentren von St. Louis, Missouri. Kates Spezialität sind Baumspitzen. Sie besteht traditionell darauf, die Spitzen der Riesentannen höchstpersönlich zu verzieren. Dieses Jahr fällt es ihr schwer, weil sie Liebeskummer hat. Die Arbeit lenkt sie aber ab, vertreibt die Einsamkeit und bewahrt sie davor, die Feiertage mit ihrer Familie verbringen zu müssen. Doch dann erhält sie einen Auftrag, der ihr zeigt, dass das Leben auch für sie weitergeht und dass Engel tatsächlich überall um uns herum sind.

Viola Shipman arbeitet regelmäßig für People.com, Entertainment Weekly und Coastal Living sowie öffentliche Rundfunkprogramme. Sie schreibt in einem Ferienort, inspiriert von der grandiosen Kulisse des Michigansees. Ihre beiden Romane »Für immer in deinem Herzen« und »So groß wie deine Träume« waren beide sofort SPIEGEL-Bestseller.

Weitere Informationen finden Sie auf www.fischerverlage.de

Viola Shipman

Engelsfunkeln

Aus dem amerikanischen Englisch von
Anita Nirschl

FISCHER TaschenBibliothek

Aus Verantwortung für die Umwelt hat sich der S. Fischer Verlag zu einer nachhaltigen Buchproduktion verpflichtet. Der bewusste Umgang mit unseren Ressourcen, der Schutz unseres Klimas und der Natur gehören zu unseren obersten Unternehmenszielen.

Gemeinsam mit unseren Partnern und Lieferanten setzen wir uns für eine klimaneutrale Buchproduktion ein, die den Erwerb von Klimazertifikaten zur Kompensation des CO_2-Ausstoßes einschließt.

Weitere Informationen finden Sie unter: www.klimaneutralerverlag.de

FSC
www.fsc.org
MIX
Papier aus verantwortungsvollen Quellen
FSC® C083411

Erschienen bei FISCHER Taschenbuch
Frankfurt am Main, Oktober 2020

Die amerikanische Originalausgabe erschien unter dem Titel ›Christmas Angels‹ bei Thomas Dunne Books, New York

Illustrationen innen: Sophie Strauß
Umschlaggestaltung und -abbildung: www.buerosued.de
Satz: Pinkuin Satz und Datentechnik, Berlin
Druck und Bindung: CPI books GmbH, Leck
Printed in Germany
ISBN 978-3-596-52165-4

1. Teil

Die Baumspitze

»Ein bisschen mehr nach links! Ein bisschen höher! Okay, stopp!«

Kate Roseberry machte einen großen Schritt rückwärts und zuckte erschrocken zusammen, als sie unerwartet auf ein Hindernis prallte. Sie fuhr so heftig herum, dass ihr dunkler Pferdeschwanz an ihre Wange peitschte. Das Hindernis erwies sich als Verkaufsstand von *Auntie Anne's Pretzels*, gegen den sie mit dem Rücken gestoßen war.

Sie musste über ihre übertriebene Reaktion lachen. »Könnte ich bitte eine süße Zimtbrezel haben?«, sagte sie zu dem Mädchen in der Schürze und der Papiermütze, bevor sie sich wieder umdrehte.

»Perfekt!«, schrie sie hinauf zu den drei Mitgliedern ihres Teams, die auf hydraulischen Hebebühnen einen sieben Meter hohen künstlichen Weihnachtsbaum dekorierten.

Der Baum, der eine majestätische Bergkiefer darstellte, stand in der Mitte des St. Louis Tower, einem brandneuen, glänzenden Hochhaus in der Innenstadt, nahe am Ufer des Mississippi. Der untere Teil des Gebäudes beherbergte ein neues Einkaufszentrum mit einem dreistöckigen Atrium, während die oberen Stockwerke aus Büroräumen bestanden.

Kate hatte bei ihrem Weihnachtsdesign für das Einkaufszentrum auf das Motto »Je größer, desto besser« gesetzt, da sie wusste, alles andere könnte in dem riesengroßen offenen Raum nur winzig wirken.

Als würde man King Kong eine Schleife umbinden, hatte sie sich beim Zeichnen ihrer Entwürfe gedacht.

Demzufolge waren die mächtigen Äste des Baumes mit silbernen, goldenen und roten Kugeln von der Größe kleiner Kürbisse geschmückt, eine für viele Kunden nur allzu treffende – und verfrühte – Analogie.

»Wir haben noch nicht mal Thanksgiving«, zischte eine Frau Kate im Vorbeigehen zu. Sie trug immer noch Shorts wegen des warmen Spätsommers. »Oder Halloween!«

Kate lächelte so liebenswürdig sie konnte. »Ich weiß«, setzte sie an, »aber …«

Sie brach ab und pustete sich den Pony aus den Augen. Natürlich könnte sie der Frau erklären – wie sie es jedem seit Jahren erklären musste –, dass sie noch an hundert anderen Orten in der Stadt dekorieren musste, dass sie nicht bis nach Halloween warten konnte und dass es Monate dauerte, so aufwendige Designs zu planen und umzusetzen – besonders an Orten wie Einkaufszentren, Flughäfen und Bürohochhäusern –, aber das interessierte niemanden. Alle wollten nur, dass die Feiertage perfekt aussahen. Und Kate war die Königin perfekter Feiertage.

»Kate! Kate! Hallo?«

Kate folgte der dröhnenden Stimme von Marvin Stopher, ihrem Hauptaufbauhelfer, hinauf in den Baum, vor dem sein großer Körper regelrecht zwergenhaft wirkte. Marvin war wie ein Disney-Zeichner für das reale Leben: Er schuf gewaltige künstliche Bäume, indem er sie in Einzelteilen aus eingelagerten Kisten holte, Stück für Stück gemeinsam mit Kate zusammensetzte und dabei jeden Zweig aufplusterte, bis der Baum zum Leben erwachte.

Die Leute wissen gar nicht, wie viel harte Arbeit hinter dem Zauber steckt, dachte Kate.

»Kate?«, schrie Marvin erneut. »Wartest du auf eine Brezel?«

»Was? Nein!«, rief Kate über die Musikberieselung, die Baristas und Milchaufschäumer von Starbucks und die gedämpften Schritte und Unterhaltungen der Kunden hinweg zurück. »Das würde ich doch nie tun, während du so hart arbeitest!«

Verstohlen wandte sie den Kopf leicht zu der *Auntie Anne's*-Verkäuferin. »Warten Sie noch mit der Brezel, okay?«, flüsterte sie, dann hob sie den Kopf und rief laut: »Sind alle so weit?«

Marvin und die zwei Saisonarbeiter nickten. Sie befanden sich auf einzelnen Hebebühnen in unterschiedlichen Höhen und Winkeln am Baum, einer links, einer rechts und einer in der Mitte. Marvin hielt eine große Rolle goldenes Schleifenband in der Hand.

Das Band ist lang genug, um daraus einen Kummerbund für Godzilla zu machen, falls der vorhaben sollte, zur Met Gala zu gehen, dachte Kate, als sie hochblickte, bevor sie leise über ihre Monsteranalogie kichern musste und sich ermahnte, keine weiteren Halloween-Horrorfilme mehr zu gucken.

Marvin hielt die Schleifenrolle und machte sich bereit, sie geschickt der nächsten Person zuzuwerfen, die sie auffangen und wiederum weiter zur nächsten werfen würde.

»Sind alle bereit?«, rief Kate. »Dann los!«

Wie in einer sorgfältig einstudierten Choreographie der Harlem Globetrotters warfen und fingen die drei die Schleife, um sie anschließend genau richtig zwischen den Ästen zu drapieren.

»Jetzt bist du dran!«, rief Marvin ihr zu, während er seine Hebebühne absenkte und wieder auf festen Boden trat.

Kate schnappte sich eine Kiste und stieg auf die Plattform, dann legte sie den Schalter um und fuhr hoch, höher und höher, bis sie neben der Spitze des Baumes schwebte, über dem Einkaufszentrum, scheinbar bereit, durch das riesige Oberlicht in den Himmel emporzusteigen.

Sie griff in die Kiste, um vorsichtig Schicht um Schicht Luftpolsterfolie zu entfernen, und lächelte. Dort aus der Kiste lächelte ein Engel zurück, die Dekoration für die Spitze des Baumes. Kate nahm den riesigen Engel, stellte sich auf die Zehenspitzen und streckte sich, um ihn auf der Baumspitze zu platzieren, bis er sicher und kerzengerade saß. Sie fand den Stecker an der Rückseite und stöpselte ihn in das grüne Kabel, das an einem Ast befestigt war. Unvermittelt erwachte der Engel leuchtend zum Leben, und die LEDs an seinen Flügeln blinkten, als würde er fliegen. Ein paar Leute im Einkaufszentrum applaudierten.

Einen kurzen Moment lang stand Kate beinahe von Angesicht zu Angesicht mit dem Engel, hoch oben über der Welt schwebend.

Baumspitzen – ob kleine Amorfiguren, die falsche Lichterpfeile von Valentinstagsbäumen schossen, oder hoppelnde Häschen, die mit bunten Eiern auf Osterbäumen jonglierten – waren Kates Markenzeichen. Und Kate brachte die Baumspitzen immer selbst an.

Für sie war diese letzte Handlung eine persönliche Signatur, so wie ein Autor »Ende« unter einen abgeschlossenen Roman schrieb, ein Schauspieler sich in der Mitte der Bühne verbeugte, wenn der Vorhang fiel, oder ein Koch ein ganz besonderes Dessert servierte. Kate glaubte, dass jeder Baum ein Ausrufezeichen der Schönheit verdiente. Und sie glaubte, dass die Menschen besonders an den Feiertagen etwas brauchten, zu dem sie aufblicken konnten, etwas, das sie die Köpfe heben ließ, etwas, das sie inspirierte.

Ich jedenfalls brauche das, dachte sie, während der Engel vor ihren Augen blinkte.

»Ich glaube nicht, dass ich dieses Jahr an den Feiertagen so strahlen kann wie du«, flüsterte sie dem Engel zu. »Ich spüre einfach die Weihnachtsstimmung nicht mehr.«

Kate streckte die Hand aus, um das Gesicht des Engels zu berühren, und sah ihm in die glänzenden Augen, während ihre Gedanken um ein Jahr zurückrasten.

* * *

»Nein, die Ehre gebührt dir.«

Vor dem Kamin ihres St.-Louis-Bungalows aus den zwanziger Jahren, dessen Wände und Buntglasfenster im Licht des Weihnachtsbaums funkelten, nippte Kate an einem Glas Champagner. Das winzige Häuschen war erfüllt von Weihnachtsstimmung sowie von weihnachtlichen Gerüchen: Eine echte Frasertanne, Holz, das im Kamin knisterte, Plätzchen, die im Ofen backten.

»Bist du sicher? Das ist irgendwie dein Ding.«

Kate musste über ihren Freund Tyler lachen. Mit der Baumspitze in der Hand stand er vor ihr, einen nervösen Ausdruck auf dem Gesicht wie ein Kind, das vor der ganzen Klasse einen Vortrag halten muss. Der Engel war ein altes Familienerbstück, das ihre

Mutter und Großmutter ihr vor Jahren als Glücksbringer geschenkt hatten, als sie sich selbständig gemacht hatte.

»Ich bin sicher«, sagte sie. »Ich hab mir eine Pause verdient.«

»Also gut«, antwortete Tyler. »Hoffentlich erfüllt es deine Erwartungen.«

Kate sah zu, wie ihr Freund – *mein Freund!*, dachte sie, während ihr Herz einen Satz tat – das Erbstück auf die Spitze der frisch geschlagenen Tanne steckte und ausrichtete.

Er sieht so gut aus in dem Licht. Seine smaragdgrünen Augen funkelten, seine Wangen waren rosig, sein blondes Haar glänzte. *Fast, als wäre er von innen her erleuchtet, wie die alten Christbaumkugeln am Baum.*

»Was denkst du?«, fragte er.

»Perfekt«, antwortete sie und nahm einen Schluck Champagner. »Hab nie daran gezweifelt.«

»Und wie denkst du darüber?«, fragte er weiter. Verwirrt neigte Kate den Kopf zur Seite und sah ihn an. Tyler stand nun vor ihr, eine winzige, in Goldfolie verpackte und von einer roten Samtschleife gekrönte Schachtel in der Hand. »Ich dachte, das wäre ein passendes Geschenk.«

Kate blieb der Mund offen stehen.

Ein Ring?! Wir sind doch noch nicht mal ein Jahr zusammen. Das kommt so plötzlich. Aber ich liebe ihn. Ja, das tue ich! Ach, du meine Güte, ich habe »ja« gesagt!

»Nein, nicht *das* … noch nicht«, las Tyler ihre Gedanken. »Das ist etwas, wovon ich dachte, dass es eine persönliche Bedeutung für dich haben würde.«

Kate verspürte zugleich heftige Erleichterung und Enttäuschung. *Noch nicht*, dachte sie innerlich lächelnd. *Er hat »noch nicht« gesagt.*

Sie öffnete die Schachtel, und erneut blieb ihr der Mund offen stehen.

»Kate, ist alles okay?«, fragte Tyler. »Gefällt es dir nicht? Ist etwas nicht in Ordnung?«

* * *

»Kate, ist alles okay? Gefällt es dir nicht? Ist etwas nicht in Ordnung?«

Kate blinzelte einmal, zweimal und bemerkte, dass sie immer noch auf der Hebebühne stand, vor dem Engel, und blind auf seine blinkenden Lichter starrte.

Als sie nach unten sah, erkannte sie, dass es Marvin war, der zu ihr hoch rief.

»Alles okay?«, fragte er noch mal. »Ist irgendwas mit der Baumspitze nicht in Ordnung?«

»Nein«, rief Kate, ohne den Blick vom Engel zu nehmen.

Nein, dachte sie. *Nur dass sie nicht so toll sind, wie sie scheinen. Genau wie die Feiertage. Alles nur*

Schein. Es gibt keine Schutzengel auf dieser Welt. Es gibt keine perfekten Feiertage.

»Bist du so weit, runterzukommen?«, rief Marvin.

Bin ich, dachte Kate, während sie die Hebebühne absenkte. *Wie ein gefallener Engel, der zur Erde niederkommt.*

»Wunderschön«, meinte Marvin, als sie unten angekommen war. Er packte die herumliegenden Kisten ein. »Wie immer. Ich fahre dann los, um die Union Station zu dekorieren. Treffen wir uns dort?«

Sie nickte. »Ich muss noch mal zurück ins Büro«, sagte sie. »Wir sehen uns in einer Stunde.«

Kate sah zu, wie Marvin alles auf einen Transportwagen lud und fortkarrte, und sobald er außer Hörweite war, drehte sie sich zu der *Auntie Anne's*-Verkäuferin um. »Haben Sie die Brezel noch?«

Gerade als sie genüsslich zum ersten Mal abgebissen hatte, die Lippen von Zimt und Zucker umringt, hörte sie hinter sich eine Männerstimme. »Na, da ist jemand aber hungrig.«

Sie drehte sich um, und vor ihr stand ein attraktiver Mann mit einer orange- und schwarzgemusterten Tüte in der Hand. Ihre Augen weiteten sich. Zaghaft lächelte sie und spürte, wie ihr der Zucker von den Lippen bröselte.

»Nichts für ungut«, sagte der Mann. »Ich bin Chad Cooper. Ich bin Partner bei Cooper, Anderson, Schiff & Hines, der Anwaltskanzlei oben im Tower.«

Verständnislos starrte Kate den Mann an.

»Ich habe Sie engagiert, um unsere Büroräume für Weihnachten zu dekorieren«, erklärte er lächelnd. »Und Sie ziehen alle Register für die Weihnachtsfeier unserer Firma. Erinnern Sie sich?«

»Oh, du meine Güte«, sagte Kate mit roten Wangen. »Tut mir so leid, Mr Cooper, dass ich Sie nicht gleich erkannt habe.«

»Nennen Sie mich Chad«, erwiderte er. »Bitte.«

»Chad«, wiederholte Kate. Nervös fuhr sie sich mit der Hand über den Mund und wischte sie an dem T-Shirt ab, das sie sich zum Dekorieren übergestreift hatte, dann streckte sie sie Chad hin. Der schüttelte sie und hielt sich dann seine eigene Hand vors Gesicht, um sie genauer zu betrachten.

»Zimt und Zucker?«, fragte er.

Kate konnte spüren, dass sie am ganzen Körper rot wurde.

»Tut mir leid, ich konnte einfach nicht anders«, fuhr Chad fort.

Kate lachte verlegen und strich sich mit der freien Hand den Pferdeschwanz glatt. »Jeder muss schließlich mal was essen«, meinte sie. »Noch mal, tut mir wirklich leid.«

Sie schaute hoch zu dem riesigen Weihnachtsbaum, der das Atrium ausfüllte. »Ich komme mir oft vor, als würde ich durch die Zeit reisen«, sagte sie. »In einer Welt Monate vor allen anderen leben.«

Mit einem Nicken wies sie auf Chads Tüte. »Ich meine, wir haben noch nicht mal Halloween, und ich schmücke die Hallen bereits mit Tannengrün anstatt Kürbissen.«

Chad lachte. »Bei meiner Arbeit ist es irgendwie dasselbe«, meinte er. »Die Leute sehen nur ein Fünf-Sekunden-Interview von mir im Fernsehen und nicht die endlosen Stunden Arbeit, die schon Monate, wenn nicht Jahre zuvor angefangen haben.«

Kate nickte. Jetzt erinnerte sie sich daran, wie oft sie das jungenhaft attraktive Gesicht des Anwalts aus St. Louis schon im Fernsehen oder in der Zeitung gesehen hatte.

Und ich habe ihn nicht erkannt, ermahnte Kate sich stumm. *Einen meiner wichtigsten Kunden.*

Chad schien ihre Beklommenheit zu bemerken. »Schon okay. Sie sind abgelenkt und beschäftigt. Die Feiertage sind stressig.«

Sie lächelte.

»Und wo wir gerade von Feiertagen sprechen«, fuhr Chad fort und schüttelte leicht seine Tüte, »ich hab immer noch nicht alles für Halloween.«

Plötzlich fiel Kate wieder ein, dass Chad einen Sohn hatte. Sie hatte vor zwei Jahren für das Weihnachtskonzert seiner Schule dekoriert, und Chad hatte sich an ihre Arbeit erinnert und sie deshalb dieses Jahr für seine Büroräume und die Weihnachtsfeier engagiert.

Er hielt inne und schaute zum Baum in der Mitte des Einkaufszentrums hoch. »Irgendwie ironisch«, meinte er und zog ein Kostüm aus der Tüte. »Es ist ein Engel. Wie Ihre Baumspitze.«

Kate betrachtete das Bild vorn auf der Kostümverpackung und lächelte. Das Gewand des Engels war aus weißem Satin mit einem goldenen Gürtel, und er hatte weiße Flügel mit goldenen Spitzen. Ein Heiligenschein aus weißem Federflaum schwebte über dem Kopf des kleinen Jungen.

»Es ist bezaubernd«, sagte Kate. »Wie alt ist Ihr Sohn jetzt?«

»Coop ist sieben«, antwortete Chad. »Ich bin ein bisschen besorgt, dass sich die anderen Kinder über sein Kostüm lustig machen werden, aber er weigert sich, dieses Jahr als irgendetwas anderes zu gehen.«

Unvermittelt verstummte Chad, und Kate glaubte, seinen kräftigen Kiefer zittern zu sehen. Der kämpferische Anwalt, den die Bewohner von St. Louis im Fernsehen und in den Zeitungen sahen – der nie um Worte verlegen schien –, sah plötzlich selbst wie ein kleiner Junge aus. Chad fuhr sich mit der Hand durchs dunkelblonde, mit Silber gesprenkelte Haar und rückte dann nervös seine Krawatte zurecht.

»Ich kann einfach keine Süßigkeiteneimerchen finden, die zu diesem Kostüm passen«, sagte er wie in Trance. »Ich habe schon überall gesucht. Alles, was die Halloweenläden haben, sind Kürbiskörbchen oder gruselige Taschen. Und ich kann ihm nicht einfach einen Kissenbezug geben. Das würde mich zum schlechtesten Dad des Jahres machen.«

Chad schüttelte den Kopf und steckte das Kostüm zurück in die Tüte.

»Ich weiß nicht, was ich tun soll«, murmelte er.

Er wirkt so neben sich für einen so souveränen Typ, dachte Kate.

»Ich habe eine Idee«, sagte sie sanft. »Warum bastle ich ihm nicht ein Eimerchen, das wie eine kleine Wolke aussieht. Ich nehme einfach einen kleinen Korb und beklebe ihn mit Wattebällchen. Das wäre perfekt. Oh, und ich glaube, ich habe noch eine kleine Harfe in meiner Weihnachtsdeko, die auch süß aussehen würde, wenn er sie mit sich herumträgt.«

Chad lächelte und berührte Kate leicht am Arm. »Ich kann Ihnen gar nicht genug danken«, sagte er. »Wirklich.«

Bei der Emotion in Chads Stimme setzte Kates Herz einen Schlag lang aus.

»Gern geschehen«, erwiderte sie. »Betrachten Sie es einfach als Wiedergutmachung dafür, dass ich Sie nicht gleich erkannt habe, und als Dankeschön für Ihr Vertrauen in mich und meine Firma.«

»Okay«, antwortete Chad.

»Ich werde sie Ihnen im Büro vorbeibringen«, sagte sie. »Dort muss ich später ohnehin noch den letzten Schliff anbringen.«

»Es war schön, Sie wiederzusehen, Kate. Und noch mal, danke.« Er wandte sich zum Gehen, doch dann hielt er inne, und sein Blick wanderte hoch zur Spitze des Baumes.

»Glauben Sie noch an Engel?«, fragte er mit einem leichten Schütteln seiner Tüte.

Kates Augen wurden groß. *Was für eine merkwürdige Frage*, dachte sie. *Und warum fragt er mich das?* Ihr Herz begann zu rasen, als sie wieder an Tyler dachte.

»Vergessen Sie's«, sagte Chad und wandte sich erneut zum Gehen. »Komische Frage, ich weiß.«

»Ja«, platzte Kate heraus, was Chad wie angewurzelt stehen bleiben ließ. »Ja, das tue ich. Obwohl es manchmal schwerfällt.«

Tue ich das?, dachte sie erstaunt. *Wo kommt das denn plötzlich her?*

Chad lächelte schwach. »Ich mag Ihre Ehrlichkeit«, sagte er leise. Er zögerte, dann murmelte er wie zu sich selbst: »Ich habe mal geglaubt, sie wären überall.«

Er schenkte Kate ein schwaches Lächeln. »Bis später«, sagte er, dann ging er fort und verschwand in der Menge aus Käufern.

Was hatte das denn zu bedeuten?, fragte sich Kate.

Ihr wurde bewusst, dass sie immer noch die Zuckerbrezel in der Hand hielt, und sie biss ein großes Stück von dem süßen Gebäck ab, während sie die

Unterhaltung in Gedanken noch einmal Revue passieren ließ.

Glauben Sie noch an Engel?, konnte sie Chad fragen hören. *Tue ich das?*

Wieder schaute Kate zu dem Baum hoch, und das, was sie mit Tyler gehabt hatte, kam ihr erneut in den Sinn. Ohne Vorwarnung überkam sie wieder die Traurigkeit. *Das letzte Jahr war so zauberhaft*, dachte sie, während ihr Tränen in die Augen stiegen. Als sie ihr über die Wangen zu laufen begannen, drehte Kate sich rasch um und eilte aus dem Einkaufszentrum, vorbei an der Menge, bevor jemand sie sehen konnte.

Sie schaffte es in die Tiefgarage, warf die Brezel in einen Abfalleimer und fand ihren Van, bevor sie schluchzend zusammenbrach. Das aufgemalte Logo auf der Seite des Vans – HOLIDAYS BY KATE! – verschwamm durch ihre Tränen. Kate ging zum Van und betastete das Magnetschild unter dem Logo – *Machen Sie Weihnachten zu einem glänzenden Fest!*

Ich wünschte, ich könnte dich schon mit Ostern austauschen, dachte sie.

Kate wechselte die Schilder stets nach Jahreszeit und Anlass, von *Für ein Ostern wie aus dem Ei gepellt* über *Feiern Sie den Unabhängigkeitstag individuell!* zu *Machen Sie Ihre Halloweenparty zu einem monstermäßigen Erfolg!*

Aber Weihnachten war – normalerweise – Kates Zeit, zu glänzen.

Schon seit sie ein kleines Kind war, liebte Kate es, die Welt hübscher und die Feiertage perfekt zu machen. Ihre Mutter und ihre Großmutter hatten sie die Schönheit von Familienerbstücken und Traditionen gelehrt.

»Erinnerungen sind etwas, das man nicht im Laden kaufen kann«, hatte ihre Großmutter immer gesagt.

Schon ihr ganzes Leben lang hatte Kate Dekorateurin werden wollen, und sie hatte ihre eigene Nische gefunden, die sie und alle um sie herum am glücklichsten machte – Feiertagsdekoration.

Ihre Karriere war ihr so traumhaft wie ein mit Schnee beflockter Weihnachtsbaum erschienen, aber jetzt wirkte sie nur noch wie eine Fassade.

Kate klopfte das Herz bis zum Hals, und sie lehnte die Stirn ans kalte Metall des Vans, um ihre Gefühle abzukühlen.

Als sie schließlich den Kopf wieder hob, bemerkte sie, dass ihr jemand ein Post-it an den Van geklebt hatte. Sie trat einen Schritt zurück, um die Nachricht entziffern zu können. Irgendein Scherzkeks hatte mit Filzstift in Großbuchstaben das Wort UNHAPPY auf das Post-it geschrieben und es vor das HOLIDAYS ihres Logos geklebt. Sie drehte sich um und suchte das Parkdeck des Einkaufszentrums mit den

Augen ab, aber es war ruhig, bis auf ein paar parkende Autos und Einkäufer, die mit Tüten beladen herausschlenderten.

Aufgewühlt sprang Kate auf den Fahrersitz und lenkte den Wagen aus dem Parkdeck. Sie stellte das Radio an, um einen ihrer Lieblingssender zu finden. Er spielte bereits rund um die Uhr Weihnachtslieder.

Kate trat aufs Gas, als sie die Autobahn erreichte, und fuhr in Richtung Stadtzentrum. Während sie sich in den Verkehr einfädelte, warf sie einen Blick in den Außenspiegel auf der Fahrerseite. Das Post-it löste sich flatternd und schwebte im Fahrtwind davon.

Es sieht aus wie ein … Jäh stoppte Kate sich und zwang sich, das Wort nicht zu denken. Das Post-it flatterte weiter, wurde in Kates Spiegel immer kleiner, bis es verschwand, gerade als *Hark the Herald Angels Sing* im Radio angespielt wurde.

Kate schaltete das Radio aus und lenkte den Van in Richtung ihres Büros, während der Gateway Arch in der Sonne schimmerte. Ein Lichtreflex lag über dem silbernen Wahrzeichen wie ein Heiligenschein, und sein Fuß war wie ein glänzendes Kleid. Sie schüttelte den Kopf über die Ironie des Bildes vor ihr: Der Bogen glich einem riesigen, leuchtenden Engel, der über St. Louis gelandet war.

2. Teil

Die Weihnachtsbrosche

Kates Pantoffeln schlurften über das schwarzweiße Schachbrettmuster des Fußbodens, als sie in ihre winzige Küche tappte und die alten Küchenschränke öffnete, die sie selbst abgeschliffen und neu lackiert hatte. Sie nahm eine Tasse heraus und seufzte, als sie ihre ironische Wahl bemerkte: Vorne auf der Tasse tranken drei von Santas Weihnachtswichteln Kaffee und arbeiteten noch schneller als sonst, und unter ihren kleinen bestrumpften Beinen prangte ein Spruchband mit der Aufschrift: *Ja, ist denn schon wieder Weihnachten?!*

Kate schenkte sich eine Tasse Kaffee ein und nickte zustimmend: *Genauso fühle ich mich.*

Aber jetzt fühlt es sich wie Arbeit an, dachte sie, *und nicht wie eine Berufung.*

Sie ging ins Wohnzimmer und schaute durch die alten, welligen Doppelfenster hinaus auf eine Reihe flacher Ziegelhäuser, von denen jedes auf einem kleinen Hügel mit Garten lag und mit seinen weißen Zierleisten wie ein Lebkuchenhaus aussah. Es war ein dunkler, stürmischer Tag Anfang Dezember, und Kate nahm noch einen Schluck, während ihre Augen versuchten, sich an das Dämmerlicht zu gewöhnen. Mit einem Mal explodierte die Nachbarschaft vor blinkenden Lichtern. Die Stämme und Äste der Bäume funkelten, Zuckerstangen blinkten, Kränze schimmerten und aufblasbare Santas auf Hausdächern erwachten zum Leben.

Was zum …?, dachte Kate.

Und dann wurde ihr bewusst, dass das fehlende Sonnenlicht bei vielen der Weihnachtsbeleuchtungen der Häuser die Dämmerungssensoren ausgelöst haben musste und ihnen vorgaukelte, es wäre bereits dunkel.

Kate warf einen Blick in ihren eigenen Vorgarten, bevor sie sich umdrehte, um ihr Wohnzimmer und das Esszimmer zu mustern. Sie waren leerer, als wenn der Grinch letzte Nacht unangekündigt hier vorbeigekommen wäre.

Kate setzte sich in einen Sessel vor ihrem Kamin und trank einen weiteren großen Schluck Kaffee. Sie versuchte, nicht hinzusehen, aber sie konnte nicht anders, ihr Blick ging zu der Ecke des Wohnzimmers, wo normalerweise um diese Jahreszeit ein Weihnachtsbaum Wache stand, und schweifte dann durchs Zimmer, das im letzten Jahr so von Weihnachtsfreude erfüllt gewesen war. Kopfschüttelnd ging Kate ins Badezimmer und stellte die Dusche an. Als Dampf den Raum einhüllte, stellte sie sich unter das heiße Wasser, bis ihr Kopf klar wurde.

Dann zog sie einen Rollkragenpulli und Stoffhosen an, schminkte sich, band ihr Haar zu einem praktischen Pferdeschwanz und musterte sich kurz von oben bis unten im Ganzkörperspiegel. Da sie ständig in Bewegung war – auspackte, dekorierte, herumschleppte –, versuchte sie, sich bequem, aber professionell zu kleiden, besonders, wenn sie in den Räumen ihrer Kunden arbeitete. Sie hatte schon früh gelernt, dass ein Rock auf einer Hebebühne keine gute Idee war, ebenso wenig wie etwas zu Schickes, da sie es sich irgendwann doch nur zerriss. Darüber hinaus war sie am Ende fast jeden Tages mit Glitzer übersät.

Trotzdem, ich brauche heute etwas, um mich herauszuputzen, dachte sie. *Ich kann nicht genauso trist wie das Wetter aussehen.*

Kate öffnete die schöne hölzerne Schmuckschatulle, die auf ihrer Kommode stand. Ihre Eltern hatten ihr das Kästchen zu Weihnachten geschenkt, als sie noch ein kleines Mädchen gewesen war, und sie lächelte beim Anblick des verschnörkelten eingravierten »K« auf dem Deckel. Als sie ihn öffnete, erklang Musik aus »Der Nussknacker«.

Hier wohnten ihre liebsten alten Schmuckstücke, seien es der Stimmungsring aus der Grundschule oder die Perlenohrringe, die ihre Großmutter ihr zum Collegeabschluss geschenkt hatte.

Ich brauche eine lange Halskette, dachte Kate, während sie in dem Kästchen kramte, *oder eine Brosche.*

Ihre Finger streiften ein kleines Samttäschchen, und sie nahm es heraus, öffnete das Zugband und schüttelte den Beutel leicht. Eine Brosche in Form eines Engels purzelte ihr in die Hand.

Mit einem Keuchen ließ Kate sie fallen, als wäre sie vergiftet.

Wie in Trance ging sie ins Wohnzimmer, blieb vor dem Kamin stehen und starrte die leere Stelle in der Ecke an, während sie sich Weihnachten vor einem Jahr wieder in Erinnerung rief.

»Alles okay?«, konnte Kate Tyler fragen hören. »Gefällt es dir nicht?«

»Tyler«, hatte sie mit Tränen in den Augen gesagt. »Wo hast du die gefunden?«

»Das ist ein Erbstück«, antwortete er. »Ich habe sie in einem Antiquitätenladen gefunden. Ich weiß, wie sehr du alte Dinge liebst, von Weihnachtsschmuck bis hin zu Möbeln. Ich dachte nur … na ja … dass sie perfekt für dich schien.«

Der kleine Engel war aus Gold, mit fröhlichen, leuchtenden Augen, und er spielte auf einer Harfe, die wie seine Flügel mit kleinen Diamanten besetzt war.

»Tyler, nein, das ist zu viel«, protestierte Kate.

»Nein, ist es nicht«, erwiderte er. Er ging zu ihr und kniete sich vor sie. »Ich liebe dich. Du bist mein Engel.«

Irgendwo in Kates Nachbarschaft ging eine Autoalarmanlage los, und ihr wurde bewusst, dass sie wieder einmal vor sich hin starrte und Geistern lauschte.

Sie schüttelte den Kopf, schaltete die Lichter im Haus aus und schnappte sich ihre Schlüssel. Doch als sie zur Tür ging, hielt sie inne, drehte sich um und ging noch einmal zurück zur Kommode.

Nur weil er nicht bereit war, heißt das nicht, dass du es nicht bist, erinnerte sie sich an die Worte ihrer Mutter nach der Trennung. *Es ist mutig, sich zu verlieben und sein Herz so zu öffnen. Du bist von Schutzengeln umgeben. Du siehst sie nur nicht mehr.*

Kate öffnete erneut ihr Schmuckkästchen, nahm den Engel heraus und heftete ihn an ihren Pullover.

* * *

Cooper, Anderson, Schiff & Hines befand sich in den vier obersten Stockwerken des St. Louis Tower, weit über dem Einkaufszentrum darunter.

Kate strömte mit einem Meer aus Menschen in den Aufzug und drückte auf die 30. Als sie kurz darauf hinaus in die ruhige, betuchte Lobby der Anwaltskanzlei trat – die die bekanntesten Personen und Firmen der Stadt vertrat, einschließlich der geliebten St. Louis Cardinals –, konnte sie nicht verhindern, dass sie laut lachen musste.

»Kann ich Ihnen helfen?«, fragte eine Empfangssekretärin mit strengem grauem Bob und respekteinflößender Brille und bedachte Kate mit herablassendem Blick.

»Oh«, sagte Kate. »Tut mir leid. Aber die Anfangsbuchstaben der Firmeninhaber bilden CASH. Verstehen Sie? C-A-S-H. Das war mir bis jetzt noch nicht aufgefallen.«

»Kann … ich … Ihnen … helfen?«, wiederholte die Empfangssekretärin, und ihre Worte passten zum eisigen Wetter.

»Tut mir leid«, riss Kate sich wieder zusammen. »Kate Roseberry. Ich dekoriere Ihre Büroräume für die Weihnachtsfeier dieses Wochenende.«

»Konferenzetage, ein Stockwerk höher«, erwiderte die Frau. »Und bitte sagen Sie Ihrem Team, sie sollen den Lastenaufzug benutzen. Sie sind schon da … und waren ziemlich, sagen wir mal, unruhestiftend.«

Kate rang sich ein Lächeln ab und fragte sich insgeheim, ob die Frau denn keine Möglichkeit hatte, ihre passiv-aggressive Autorität irgendwo anders als hier auszuleben. »Es tut mir außerordentlich leid, falls es irgendwelche Unannehmlichkeiten gab.« Sie ging zum Aufzug. »Danke.«

Als Kate ein Stockwerk höher ausstieg, wurde sie sofort von Marvin und Claire, ihrer jungen Assistentin, begrüßt.

»Bist du der Drachenlady schon begegnet?«, fragte Claire, deren welliges rotes Haar vor hündchenhafter Begeisterung wippte. Sie trug eine Nikolausmütze auf dem Kopf.

»Claire«, sagte Kate tadelnd.

»Kate«, imitierte Claire sie. »Tut mir leid, aber die ist total verrückt.«

»Da ist sie nicht die Einzige, Frau Weihnachtsmann«, erwiderte Kate. »Marvin, kannst du alle anfunken und ihnen sagen, dass sie den Lastenaufzug nehmen sollen, sonst wird das unser letzter Weihnachtsjob hier.«

Marvin nahm sich sein Funkgerät, während Claire Kate am Arm packte und sie den Flur entlangzog. »Eure kleine Gruppe ist ziemlich unruhestiftend«, ahmte Kate die Empfangssekretärin nach.

»Woher sollte ich denn wissen, dass ihr mein Ensemble nicht gefallen würde? Ich finde, es ist ziemlich bezaubernd für die Feiertage.«

Kate versuchte, sich ein Lachen zu verkneifen, konnte es aber nicht. Eine Dosis Claire war genau das, was sie an diesem Morgen brauchte. »Also, wie läuft's?«

Sie bogen um eine Ecke, und Claire verkündete: »So.«

Kate schnappte nach Luft. Die Konferenzetage war wirklich genau das: Sie bestand aus verschiebbaren Wänden, die es ermöglichten, den riesigen Raum so aufzuteilen, wie man es gerade brauchte. In diesem Fall wurde fast die Hälfte des 31. Stocks für die Party benutzt – und für die fünfhundert Angestellten von CASH.

»Ich hatte vergessen, wie groß dieser Raum ist …

und diese Aussicht!« Kate ging zu den deckenhohen Fenstern, die einen ausgedehnten Blick auf den Gateway Arch, die Skyline der Stadt, den Mississippi und die Brücken nach Illinois boten. »Phantastisch!«

»Ähm, und was ist mit der Dekoration?« Claire ging zu Kate und drehte sie herum.

»Tut mir leid.« Ein breites Lächeln legte sich langsam über Kates Gesicht. »Sogar noch phantastischer.«

Claire hüpfte auf und ab, dass ihre Zipfelmütze wippte. »Ja, danke«, sagte sie. »Wir haben deinen Entwurf bis zur letzten Schleife befolgt. Sieht aus, als hätte Weihnachten sich hier drin richtig ausgekotzt, nicht wahr?«

Kate sah ihre Assistentin mit schiefem Kopf an. »Wie wortgewandt«, sagte sie.

»Ich zitiere nur die Königin«, lachte Claire. »Das hast du letztes Jahr am Ende der Saison nach ein paar Gläsern Champagner gesagt. Schon vergessen?«

Kate nickte. Und auf zweifellos unbedarfte Weise hatte Claire recht: Der vormals nichtssagende, leere Raum quoll vor Wärme, Schönheit und Stimmung der Weihnachtszeit über. Zwei in schimmernden Stoff gehüllte Cocktailbars flankierten den Raum zu beiden Seiten, während das Essen auf altmodischen Holzschlitten angerichtet werden würde. Die gesamte Decke war mit echten Kiefernzweigen geschmückt, an denen sanfte, weiße Lichter funkelten und goldene und silberne Kugeln auf unterschiedlicher Höhe herabhingen. Eine Tanzfläche in der Mitte war so gestaltet, dass sie wie das Postkartenidyll eines zugefrorenen Sees aussah, und daneben stand ein DJ-Pult in einem weißen Pavillon. An vielen Fenstern baumelten Tannenkränze, und in den vier Ecken des Saals standen vier silberne, mit Gold geschmückte Weihnachtsbäume.

»Umwerfend«, sagte Kate, als Marvin den Saal betrat. Sie wandte sich an den Rest des Teams, der immer noch zupfte und zurechtrückte und dekorierte. »Ihr habt euch alle selbst übertroffen.«

»Nein, das warst du«, meinte Claire mit einem Nicken zu ihrer Chefin, und ihre Zipfelmütze nickte ebenfalls.

»Wie immer«, fügte Marvin hinzu. »Sogar …«, er zögerte, »… dieses Jahr.«

Kate lächelte schwach und begann, lautlos »Danke« mit den Lippen zu formen, als sie die tiefe Stimme eines Mannes hinter sich hörte. »Sie haben sich wirklich selbst übertroffen.«

Kate drehte sich um und lief rot an. Chad stand vor ihr, den Kopf schiefgeneigt, ein Lächeln auf dem Gesicht.

»Chad Cooper, das hier sind Marvin und Claire«, stellte Kate vor. »Sie haben in Wirklichkeit die ganze Arbeit gemacht.«

»Schön, Sie kennenzulernen«, sagte Chad. Er schüttelte ihnen die Hände, dann wandte er sich wieder an Kate. »Ich wollte nur kurz vorbeischauen, um danke zu sagen, nicht nur für das, was Sie hier gemacht haben, sondern auch dafür, dass Sie meinem Sohn an Halloween ausgeholfen haben. Ein paar der Kinder verstanden sein Kostüm nicht, aber …« Unvermittelt verstummte er. »Jedenfalls, Sie haben mir wirklich sehr geholfen.«

Er berührte Kate leicht an der Schulter. »Danke.«

»Gern geschehen«, antwortete sie.

»Es tut mir leid, dass ich so schnell wieder gehen muss«, sagte er. »Ich habe ein Meeting, aber ich wollte mich kurz bedanken.«

»Ich schätze, wir sehen Sie am Wochenende«, sagte Kate.

»Oh, ich werde nicht hier sein«, erwiderte er.

»Tut mir leid, das zu hören.«

»Ich muss arbeiten«, erklärte Chad. »Aber ich weiß, dass sich alle großartig amüsieren werden. Danke, dass Sie hier Ihren Zauberstab geschwungen haben. Oder vielleicht wäre Zauberzuckerstange zu dieser Jahreszeit angebrachter.«

Kate lächelte. »Danke.«

Als sie die Hand ausstreckte, um sich von Chad zu verabschieden, fiel sein Blick auf ihren Pullover, und der Mund blieb ihm offen stehen.

»Wo haben Sie diese Brosche her?«, fragte er, als stünde sie vor Gericht.

»Was?«, fragte Kate erschrocken. »Die da?«

Sie schaute auf die Brosche hinunter und suchte ungeschickt nach Worten.

»Ähm, die war ein Geschenk«, sagte sie. »Letztes Jahr. Lange Geschichte.«

Chad nickte, dann wandte er sich mit einem leisen Quietschen seiner glänzenden schwarzen Lederschuhe zum Gehen. Unvermittelt drehte er sich wieder um und sah aus dem Fenster, dabei flogen seine Augen hin und her, als beobachte er einen fliegenden Vogel. Mit einem weiteren Blick auf Kates Brosche flüsterte er: »Engel. Wir können ihnen einfach nicht entkommen, oder?«

Ohne ein weiteres Wort drehte Chad sich um und ging.

Im Saal herrschte Schweigen. »Was war das denn?«, fragte Claire nach ein paar Sekunden. »Das war ja, als würde man einen alten Film gucken. Er schien dich zu mögen, und dann wurde er plötzlich sehr geheimnisvoll.«

»So war er auch beim letzten Mal, als wir uns begegnet sind«, erwiderte Kate. »Sehr lieb und freundlich, und dann, ganz plötzlich, sehr distanziert und nervös.«

Marvin ging zu den Fenstern und winkte Kate und Claire zu sich. Er zog einen zusammengefalteten Briefumschlag aus der Hosentasche. »Zwei der Partner sind vorhin raufgekommen und haben mich gebeten, dir das zu geben.«

Kate öffnete den Umschlag und nahm ein Blatt Papier und einen Scheck heraus.

»Muss die zweite Hälfte des Honorars sein«, sagte sie. »Anwaltskanzleien sind so pünktlich.«

Sie überflog den Brief, und dabei wurden ihre Augen immer größer. Mit offenem Mund schaute sie zu ihren Kollegen hoch.

»Oh, du meine Güte«, sagte sie. »Chads Frau ist letzten Winter gestorben, direkt vor den Feiertagen. Sie hatte Krebs, und das schon sehr lange.«

Kate las den Brief zu Ende, bevor sie erneut Marvin und Claire ansah. »Sie wollen, dass ich Chads Haus dekoriere«, erklärte sie. »Sie schreiben, dass er es selbst nicht tun wird, und sie machen sich Sorgen um ihn und seinen Sohn. Er hat ihnen schon gesagt, dass er nicht nach Chicago fahren wird, um seine oder die Familie seiner verstorbenen Frau zu besuchen, und er hat sie angewiesen, dass er keinen Besuch möchte.«

Sie schaute von Marvin zu Claire und schüttelte den Kopf, dass ihr Pferdeschwanz nachdrücklich wippte. »Das kann ich nicht tun«, fuhr sie fort. »Es kommt mir einfach wie ein solches Eindringen in seine Privatsphäre vor. Wer kann denn einem anderen vorschreiben, wann er bereit sein soll, seine Trauer zu überwinden und sein Leben weiterzuleben? Ich meine, ich bin immer noch nicht bereit dazu, und ich habe nicht annähernd so etwas erlebt wie er.«

»Aber was ist mit seinem Sohn?«, gab Marvin auf seine ruhige Art zu bedenken. »Was ist, wenn der seine Trauer überwinden oder auch nur ein paar Sekunden Freude haben muss, und sein Dad ist zu traurig, um das zu sehen oder ihm zu helfen?«

Kate senkte den Kopf. Ihre Gedanken wirbelten durcheinander, und sie schloss die Augen, um ein kleines Stoßgebet zu sprechen. Als sie sie wieder öffnete, schimmerten die Diamanten auf den Flügeln des Schmuckengels, als würde er fliegen.

Engel, hörte sie Chad sagen. *Wir können ihnen einfach nicht entkommen, oder?*

Nein, dachte sie. *Das können wir nicht.*

Sie sah Marvin und Claire an, schüttelte den Brief und den Scheck einmal kräftig und sagte: »Ich mache es. Aber ich werde eure ganze Hilfe und Unterstützung brauchen.«

3. Teil

Der Schnee-Engel

St. Louis kam mit Schnee nicht gut klar. Fünf Zentimeter Neuschnee ließen die Stadt regelrecht in Panik ausbrechen.

Genau genommen behandelten die Einwohner von St. Louis selbst die bescheidensten Schneefälle so, als stünde die Apokalypse bevor, und sofort mussten sie jeden Laib Brot, Karton Eier und Liter Milch hamstern, den sie in die Finger kriegen konnten.

Langsam fuhr Kate an Schnucks, der örtlichen Supermarktkette, vorbei, und der Parkplatz war völlig überfüllt, obwohl der Schnee gerade erst anfing, liegen zu bleiben.

Rechnen die damit, dass sie nach zehn Zentimetern Schnee völlig eingeschneit sein werden? Kate kicherte. *Und eine ganze Woche lang Arme Ritter essen müssen?*

Eine Reihe Schneepflüge kroch auf die Manchester Road in Richtung der Fernstraßen, und der Verkehr kam praktisch zum Erliegen. Kate kurbelte ihr Fenster einen Spalt herunter und sah den Flocken beim Fallen zu. Trotz des Verkehrs legte sich bereits eine Stille über die Stadt, wie sie nur Schneefall mit sich bringen konnte.

Manchmal zwingt Mutter Natur uns alle dazu, langsamer zu werden und innezuhalten, dachte Kate.

Der Schnee – nass und schwer – erzeugte beim Fallen ein leises zischendes Geräusch. Plötzlich hupte ein Schneepflug. Kate zuckte zusammen und kurbelte die Fensterscheibe wieder hoch.

Sie schaltete das Radio ein, und *Let it Snow* erklang.

Weihnachtsironie, du amüsierst mich immer wieder, dachte sie lächelnd.

In ihrer Kindheit in Chicago war Schnee eine Jahreszeit für sich gewesen. »Was sind die einzigen zwei Jahreszeiten in Chicago? Winter und Bauarbeiten«, ging der alte Witz. Kate hatte die langen Winter damals geliebt. Sie liebte es, wie Chicago im Winter aussah: der von Eis überzogene Michigansee mit seinen gefrorenen, mitten in der Bewegung erstarrten Wellen, die Straßen der Stadt, die immer mit einer frischen Schicht Weiß überzogen waren, der Schock des eisigen Windes im Gegensatz zur Wärme in den Läden und Restaurants.

Kate war gern Ski und Schlitten gefahren. Begeistert baute sie Schneehöhlen und Schneemänner und produzierte Schnee-Eis.

»Du hättest als Pinguin auf die Welt kommen sollen«, scherzte ihre Mutter immer. »Oder den Weihnachtsmann heiraten, damit du am Nordpol leben könntest.«

Vielleicht mache ich deshalb das, was ich mache, dachte Kate. *Vielleicht hat es mich immer gerufen.*

Langsam fuhr Kate die Manchester Road entlang in Richtung Westen. Chad Coopers Haus lag in den westlichen Vororten, wo die meisten Bewohner von St. Louis lebten. Es teilte sich auf in Stadt und Land, und die Kluft dazwischen fühlte sich manchmal riesig an: Die Bürger strömten zu Baseball- und Eishockeyspielen, in die Bars am Ufer und die Casino-Flussdampfer, sowie die italienischen Restaurants auf dem Hügel, aber dann kehrten sie der Stadt den Rücken und nahmen ihre Steuergelder mit.

Kate war stolz darauf, in der Stadt zu wohnen. Sie fühlte sich oft wie eine Pionierin. Als sie ihr Haus gekauft hatte, schien alles im Leben möglich zu sein.

Kate kam an einer der historischen katholischen Kirchen der Stadt vorbei, die für die Feiertage beleuchtet war. Buntglasfenster funkelten, Kerzenleuchter schimmerten.

Sie sieht frostig, zauberhaft und hoffnungsvoll im Schnee aus, dachte sie.

Ihr wurde flau im Magen, als sie an Chad und die Aufgabe dachte, die vor ihr lag. *Weihnachten ist entweder der fröhlichste Feiertag, wenn man vom Glück gesegnet ist, oder der größte Albtraum, wenn man es nicht ist.*

Sie bog in die Warson Road ab und fuhr nach Ladue. Die schicke Enklave war einer der reichsten Vororte des Landes, voller Eliteschulen, ausgedehnter Anwesen und alter, von der Straße kaum einsehbarer Herrenhäuser aus rotem Ziegel. Wieder kam der Verkehr ins Stocken, als Vans wie der von Kate – von Klempnern, Baufirmen, Innenarchitekten – die rasch rutschiger werdenden Straßen verstopften.

Kate hörte fröhliche Schreie über die Klänge ihrer Weihnachtsmusik hinweg und drehte das Radio leiser.

Im leicht abfallenden Vorgarten eines großen Hauses spielte eine Gruppe Kinder in Schneeanzügen. Für Kate sahen sie aus wie kleine runde Weebles, diese alten Spielzeugstehaufmännchen, deren Werbeslogan lautete: »Weebles wackeln, aber fallen nicht um.« Die Kinder liefen stolpernd, purzelnd und spielend in dicken Jacken und kleinen Stiefeln herum, und ihr Atem kam in weißen Wölkchen heraus.

Kate sah zu, wie drei der Kinder halb den schneebedeckten Hang hochliefen und sich dann plötzlich auf den Rücken fallen ließen, um mit Armen und Beinen hin- und herzuwedeln. Sehr vorsichtig standen sie wieder auf, dann nahmen sie einander an den Händen und sprangen, so weit sie konnten.

Schnee-Engel, dachte Kate lächelnd bei den hübschen, glatten Umrissen, die die Kinder im Weiß hinterlassen hatten.

Sofort fühlte sie sich in ihr Zuhause in einem Vorort von Chicago zurückversetzt und konnte sich selbst als kleines Mädchen im Schnee herumtollen sehen.

* * *

»Bist du bereit?«, fragte Kates Mom und nahm die Hand ihrer Tochter.

»Nein!«, rief Kate. »Was, wenn es weh tut?«

»Der Schnee wird deinen Aufprall dämpfen«, sagte ihre Mutter.

»Aufprall?«, fragte Kate besorgt.

Laura drehte sich zu ihrer Tochter um, die seit dem Tod ihres Großvaters in diesem Jahr voller Angst und Sorge war. Es war das erste Weihnachten der Familie ohne ihren Patriarchen. »Wenn der Schnee deinen Aufprall nicht dämpft, dann tun es die Engel.«

»Wie?«, fragte Kate.

»Du erweist ihnen Ehre, wenn du ihre Umrisse in den Schnee machst«, erklärte ihre Mutter. »Sie werden nicht zulassen, dass du dir weh tust. Bereit?«

Kate nahm wieder die Hand ihrer Mutter, schloss die Augen und ließ sich mit einem Aufschrei nach hinten fallen. Weich landete sie in einer dicken Schneewehe.

Wuuusch!

»Und jetzt mach das«, sagte ihre Mutter und machte einen Engel im Schnee.

Kate tat es ihr nach, und als sie fertig war, stand

ihre Mutter vorsichtig im von Schnee befreiten Bereich auf und half ihrer Tochter beim Aufstehen. Sie hielten sich an den Händen und machten einen gewaltigen Satz aus ihren frisch geschaffenen Silhouetten heraus.

»Hübsch«, sagte Kate. »Sie sehen wirklich wie Engel aus.«

Schreie kamen von den Nachbargrundstücken, Kinder, die Schneemänner bauten oder auf flachen Schlitten die Hügel hinuntersausten.

»Kann ich dich was fragen, Mom?«, wollte Kate leise wissen.

»Alles.«

»Glaubst du an Engel?«

»Ja«, antwortete ihre Mutter.

»Glaubst du, Grandpa ist ein Engel?«

»Ja, das glaube ich«, sagte sie, bevor sie sich in den Schnee plumpsen ließ und auf die Stelle neben sich klopfte. Kate setzte sich mit einem weiteren *Wusch*.

»Ich glaube, dass Engel überall um uns herum sind«, fuhr ihre Mutter fort. »Ich glaube, dass Menschen wie dein Grandpa, die wir lieben und vermissen, um uns herum sind, auch wenn wir sie nicht sehen können. Manchmal nehmen sie die Gestalt eines Kardinals oder eines Kolibris an, oder manchmal lebt ihr Geist vielleicht in der alten Engelsfigur weiter, die wir auf die Spitze des Weihnachtsbaums stecken.«

Kate wischte sich mit ihrem Fäustling die Nase und legte das Gesicht mit den rosigen Wangen in ernste Falten.

»Engel sind Boten, Kate«, erklärte Laura. »Eine Art Zwischenhändler oder Vermittler zwischen Himmel und Erde.«

»Wie unser Postbote?«, fragte Kate. »Der uns die Briefe bringt?«

Ihre Mutter nickte lachend. »Ja, gewissermaßen«, sagte sie. »Aber du musst dir bewusst sein, dass Engel um uns sind. Die meisten Menschen gehen durchs Leben, ohne zu sehen, was überall um sie herum ist. Es ist leicht, in dieser Welt verlorenzugehen. Es ist schwer, achtsam zu bleiben.«

* * *

Ein lautes Hupen riss Kate aus ihrer Erinnerung, und ihr wurde bewusst, dass keine Autos mehr vor ihr waren. Verlegen winkte sie dem genervten Fahrer hinter ihr mit einer entschuldigenden Geste zu, dann fuhr sie die Warson Road entlang, während sie der freundlichen Stimme aus ihrem Handy lauschte, die ihr letzte Wegbeschreibungen gab. Sie wurde langsamer und bog in eine Einfahrt ein, die von schneebedeckten Bäumen überdacht war und sich tiefer und tiefer durch ein bewaldetes Grundstück wand.

Bin ich in einem Naturschutzgebiet?

Endlich lichteten sich die Bäume, und ein rotes Ziegelgebäude – *nein, das ist ein kleines Herrenhaus* – ragte vor ihr auf. Mächtige weiße Säulen stützten das Dach über der riesigen vorderen Veranda, und die Schlafzimmer im Obergeschoss hatten eigene Terrassen.

Südstaatenarchitektur, dachte Kate. *Wie bei Rhett und Scarlett.*

St. Louis' Geschichte war durchzogen von einer deutlich stärker französisch und südstaatlich geprägten Ader – im Gegensatz zu ihrer Konkurrentin Chicago –, obwohl die Stadt sich eher zum Osten als zum Mittleren Westen zählte.

Kate fuhr auf den runden Wendeplatz und sah sich um.

Sie fragte sich, wo ihre Mitarbeiter waren.

Sie nahm ihr Handy, beendete die Navigations-App und bemerkte endlich all die Nachrichten.

Stecke im Verkehr fest, hatte Marvin dreimal geschrieben.

Riesenunfall auf der Landstraße wegen Schnee, hatte Claire geschickt. *Wer weiß, wann ich da bin. Sorry.*

Und schließlich noch mal von Claire: *Sieben Zentimeter Schnee versetzen St. Louis in Panik! Ich brauche Arme Ritter!*

Kate lachte, dann öffnete sie mit einem Seufzen die Autotür und stapfte durch den sich anhäufenden Schnee zum Eingang. Sie läutete, dann weiteten sich ihre Augen, als eine schöne, junge Frau die Tür öffnete.

»Oh«, sagte Kate. »Tut mir leid. Ich, ähm, bin Kate Roseberry. Ich hatte eigentlich mit …«

»Mrs Doubtfire gerechnet?«, lachte die Frau.

Kate runzelte verwirrt die Stirn.

»Tut mir leid«, sagte die Frau. »Ich bin Janet Edlinger, das Kindermädchen.«

»Oh«, stammelte Kate und starrte die Frau an, die mit ihren blonden Strähnen, rosigen Wangen und dem frischen Teint wie ein schwedisches Supermodel-Schrägstrich-Promi-Kindermädchen aussah.

Verlegen rieb Kate sich die eigenen Wangen, die sich anfühlten, als wären sie von der glühenden Heizung des Vans, der kalten Luft draußen und den endlosen Arbeitsstunden völlig ausgetrocknet.

»Oh, Sie sind die Dekorateurin«, füllte Janet endlich ihre eigenen Lücken aus. »Kommen Sie rein. Coop spielt draußen mit Freunden.«

Kate nickte und trat ein.

»Ich zeige Ihnen das Haus«, bot Janet mit einem Lächeln an.

Kate blieb wie angewurzelt stehen, als sie das Haus betrat.

»Machen Sie sich wegen Ihrer Stiefel keine Sorgen«, beruhigte Janet sie. »Bei einem siebenjährigen Jungen und Schnee wische ich die Böden rund um die Uhr.«

Kate lächelte, aber das war es nicht, warum sie stehen geblieben war. Das Haus hatte wirklich eine grandiose *Vom-Winde-verweht*-Ausstrahlung: Von der marmornen Eingangshalle führte eine breite Treppe nach oben, und Ölgemälde, die aussahen, als wären sie aus dem Kunstmuseum geklaut worden, säumten einzeln beleuchtet die mächtigen Wände, die in einer atemberaubenden Kassettendecke mündeten.

»Hier entlang.« Janet führte Kate durch einen Korridor mit Parkettfußboden in ein Wohnzimmer, das so groß war wie Kates ganzer Bungalow.

Das Wohnzimmer bot ein Panoramafenster, das auf Wälder und eine Schlucht hinausblickte – es waren keine anderen Häuser zu sehen –, und ein schöner Bach plätscherte vorbei, über dessen dampfendem Wasser kreuz und quer schneebedeckte Baumstämme lagen.

»Das ist so wunderschön«, staunte Kate, bevor sie sich umdrehte und von einer Wand mit Familienporträts empfangen wurde. Sie trat näher und musterte ein Foto der Familie, alle in roten Weihnachtspullovern, mit breit lächelnden Gesichtern. »Genau wie sie«, fuhr Kate fort. »Ist das Mrs Cooper?«

»Ja«, antwortete Janet. »Ihr Name war Ella. Sie starb letzten Winter. Es war ein hartes Jahr für die Jungs, um es vorsichtig auszudrücken. Der Krebs wurde schon festgestellt, kurz nachdem Mr Cooper und sie sich verlobt hatten, aber er hat nie gezögert.

Ihr einziger Traum war es, ein Kind zu haben, und den konnte sie verwirklichen. Sie hat auf jedem Schritt des Weges gekämpft.«

»Ich kann mir gar nicht vorstellen, wie schlimm das gewesen sein muss«, sagte Kate, der Tränen in die Augen traten. »Haben sie Weihnachten hier drin gefeiert?«, fragte sie.

»Ja. Das war ihr Lieblingsplatz«, antwortete Janet. »Und sie haben Weihnachten hier drin gefeiert.«

»Das würde ich auch tun«, lächelte Kate. »Ich werde mein Bestes geben. Ich fühle mich nur … ein wenig unbehaglich wegen all dem hier, besonders da Mr Cooper nicht einmal weiß, dass ich hier bin.«

Janet trat neben sie und legte ihr die Hand auf den Rücken. »Er braucht das hier«, sagte sie sanft. »Und Coop braucht Weihnachten.«

Kate lächelte schwach.

»Brauchen Sie irgendwelche Hilfe?«, wollte Janet wissen.

»Sie sind es gewohnt, Fußböden und Kindergesichter sauberzumachen«, lächelte Kate wieder, »und ich bin es gewohnt, Weihnachtsdeko zu schleppen. Wir sind beide Santas kleine Helfer.«

Janet lachte. »Sagen Sie einfach Bescheid, falls Sie mich brauchen«, sagte sie. »Ich werde heiße Schokolade für Coop machen. Er dürfte bald von den Nachbarn zurückkommen. Ihm wird kalt sein.«

Janet drehte sich um und ging, doch dann blieb sie

noch einmal stehen. »Sie sind wie ein Weihnachtsengel«, sagte sie. »Sie verbreiten Freude.«

Kate sprang das Herz in die Kehle, und die Bilder von Schnee-Engeln kamen ihr wieder in den Sinn.

Sie ging zurück zu ihrem Van und begann, Kisten hineinzuschleppen. Sie hatte gehofft, dass Marvin und Claire hier sein würden, damit sie schon mit dem Dekorieren anfangen und damit ihre Gedanken beschäftigen könnte, aber heute würde sie das Schleppen selbst übernehmen müssen.

»Danke, Mutter Natur«, sagte sie mit einem Blick empor in den wirbelnden Schnee.

Kate begann, Kisten in der Ecke des Zimmers zu stapeln, dann hielt sie inne und machte nervös eine davon auf.

Die Partner in Mr Coopers Anwaltskanzlei hatten ihr keinerlei Vorgaben geschickt, wie sie sein Haus dekorieren sollte, und sie kannte die Familie überhaupt nicht. Aber sie hatte sich an die Bemerkungen erinnert, die er ihr gegenüber gemacht hatte – über Engel und ihre Engelsbrosche – und sich daran orientiert.

Die Kisten waren mit Engeln gefüllt und diese eine …

Was ist nur in mich gefahren?, dachte Kate. *Ich habe sogar eine Kiste mit dem alten Engelsschmuck meiner Familie mitgebracht, da ich dieses Jahr keinen eigenen Baum dekoriert habe.*

Sie nahm einen wunderschönen, handgeschnitzten hölzernen Engel heraus – er war in einem Stück aus dem Holz geschnitten worden, ohne Kleber, die Flügel breiteten sich in feinen Streifen aus. Behutsam strich sie mit den Fingerspitzen über sein Gesicht. Sie hatte ihn auf einer Reise durch die Schweiz bei einem Holzschnitzer gekauft, der ihn für sie gemacht hatte, während sie ihm bei der Arbeit zusah.

»Ein Engel für einen Engel«, hatte er gesagt, ohne Kate überhaupt zu kennen.

Ich hoffe, du hast immer noch etwas Magie in dir, dachte Kate, als sie das Schmuckstück zurück in die Kiste legte.

Sie ging wieder hinaus zum Van und wappnete sich für die schwere Schlepperei: Ein künstlicher Weihnachtsbaum, dessen Fuß und unzählige Äste in viele lange Kisten aufgeteilt waren, wartete dort auf sie.

Kate zerrte eine längliche Kiste zu sich her, suchte festen Stand und wuchtete sie mit einem lauten Ächzen hoch. Die Last auf den Armen balancierend, machte sie ein paar große, unsichere Schritte, bevor ihre Füße im Schnee ausrutschten, ließ die Kiste fallen und landete hart auf ihrem Hinterteil.

Die Kiste ging beim Aufprall auf, und steife, grüne Äste des künstlichen Baums schnellten hervor und schlitterten durch den Schnee.

»Alles okay?«

Kate stieß einen erschrockenen Schrei aus. Neben ihr stand ein kleiner Junge mit einer Strickmütze, die wie ein lustiger Affenkopf aussah, und schaute auf sie herunter.

»Ich … weiß … nicht«, stotterte Kate.

»Christopher Ogden O'Malley Cooper, zu Ihren Diensten«, sagte er. »Kurz Coop.«

Er streckte ihr die Hand hin, und Kate stand langsam auf.

»Danke«, sagte sie. »Ich bin Kate Roseberry. Ich bin hier, um euer Haus für Weihnachten zu dekorieren.«

Coop verschränkte die Arme, wobei die Luft in seinem dicken Anorak ein raschelndes Geräusch machte, und musterte Kate argwöhnisch.

»Weiß mein Vater davon?«, fragte er.

Kate schluckte.

»Na ja, nein«, antwortete sie. »Genau genommen nicht.«

»Hmmm«, sagte er mit einem Finger an seinen Lippen. »Warum sind Sie dann hier?«

Kate erklärte es ihm, und der Junge wägte sorgfältig jedes Wort ab, als wäre er ein Richter bei *Law and Order.* Kate musste ein Kichern unterdrücken: Er war in jeder Hinsicht das Ebenbild seines Vaters, von seinem Aussehen bis zu seiner Juristensprache, trotzdem war er nur ein kleiner Junge im Schnee mit einer Äffchenmütze.

Während sie sprach, wurde sein Gesicht weicher,

und seine Augen fingen an zu strahlen. »Oh! Sie sind die Lady, die mir bei meinem Halloweenkostüm geholfen hat! Danke!«

Coop lächelte sie an, doch dann schielten seine haselnussbraunen Augen auf die im Schnee verstreuten Zweige.

»Aber das hier kann so nicht angehen«, veränderte er seinen Tonfall und wurde so förmlich, als wäre er ein Butler bei *Downton Abbey.* »Das hier kann so wirklich nicht angehen.«

Kate beobachtete den kleinen Jungen, wie er die Arme verschränkte und kopfschüttelnd den künstlichen Baum mit großer Skepsis musterte.

Warum versucht er, so zu tun, als wäre er vierzig Jahre alt?, wunderte sich Kate.

»Was stimmt denn nicht?«, fragte sie.

»Meine Mom und mein Dad haben immer eine echte Kiefer aus unserem Wald gefällt, und wir haben sie selbst nach Hause geschleppt und dann in einen Ständer gestellt, und mein Dad hat ihr Wasser gegeben, und meine Mom hat dieses Schürzendings rausgeholt, das sie so gern hatte, und um den Baum gelegt, und dann hat sie Weihnachtsplätzchen in all den coolen Formen gebacken, und dann …«

»Okay, okay«, versuchte Kate, den kleinen Jungen zu beruhigen, dessen Gefasstheit in sich zusammenbrach. Seine Worte kamen immer zittriger heraus. »Das können wir machen.«

Kann ich das wirklich machen?, fragte sie sich dann insgeheim. *Bringe ich mich hier womöglich in Schwierigkeiten?*

Kate ging zum Heck ihres Vans. Ihr Job hatte sie in eine Mischung aus Pfadfinderin und Herkules verwandelt, und ihr Van war immer mit jedem erdenklichen Werkzeug für alle möglichen Notfälle ausgerüstet. Sie hob die Gummimatte an und dann eine Klappe hinten im Boden und holte eine Säge hervor.

»Wow«, staunte Coop. Seine Augen waren jetzt so groß wie die der Äffchenmütze.

»Du zeigst mir den Weg, okay?«, sagte Kate.

»Okay!« Coop flitzte los und winkte ihr aufgeregt. »Mir nach!«

Die beiden stapften durch den Schnee in den Wald, auf einem kleinen Pfad, der zu der Schlucht führte.

»Sei vorsichtig«, rief Kate, der ein bisschen mulmig wurde.

Schließlich kam sie an einen kleinen Waldstreifen mit Kiefern in verschiedenen Formen und Größen. Coop stand bereits inmitten der Bäume und drehte sich langsam im Kreis, den Finger wieder nachdenklich an die Lippen gelegt, während er jeden Baum sorgfältig musterte.

»Er darf nicht zu groß und nicht zu klein sein«, erklärte er, während er sich immer noch drehte. »Er braucht viele kräftige Äste, damit man Kugeln tief drin beim Stamm verstecken kann. Und …«, Coop hielt inne und holte tief Luft, »er muss nach Weihnachten riechen.«

Kate lächelte. »Du würdest einen perfekten Assistenten für mich abgeben«, meinte sie. »Du weißt, wie man einen perfekten Baum aussucht. Wie hast du das alles gelernt?«

Ein paar Sekunden lang regte sich Coop weder, noch antwortete er. Die einzigen Laute waren der auf die Bäume fallende Schnee und das Murmeln des Bachs.

»Von meiner Mom«, sagte er schließlich und drehte sich zu Kate um. »Sie fehlt mir.«

Coops Gesicht war nass – vor Schnee und Tränen –, und Kate ging zu ihm und legte ihm den Arm um den Rücken.

»Ich weiß«, sagte sie. »Es tut mir so leid.«

Der kleine Junge begann zu weinen, und ohne nachzudenken legte Kate die Säge weg, kniete sich hin und zog ihn an sich. Sie hielt ihn im Arm, bis sein Schluchzen versiegte.

»Alle sagen mir, dass sie immer bei mir sein wird«, schniefte er und schaute zu Kate hoch. »Aber das ist sie nicht. Das ist sie nicht. Ich bin ganz allein.«

Kate brach es das Herz, und sie hielt ihn nur noch fester.

Wie viel Schmerz hat er in seinem kurzen Leben schon erfahren, fragte sie sich, während sie mit den eigenen Tränen kämpfte. *Es ist nicht fair.*

»Sie ist bei dir, Coop«, flüsterte Kate schließlich, und ihre Stimme klang heiser und rau in der kalten Luft. »In jeder Sekunde des Tages.«

»Woher wissen Sie das?«, fragte er und wischte sich das Gesicht.

»Vertraust du mir?«

Coop löste sich von ihr und schüttelte verneinend den Kopf.

»Wenigstens ein bisschen?«, fragte Kate.

Zögernd nickte er.

»Ich möchte, dass du meine Hand hältst, und dann lassen wir uns rückwärts in den Schnee fallen«, sagte sie. »Das wird nicht weh tun, versprochen.«

»Sie wollen Schnee-Engel machen?«

»Ja«, sagte sie.

»Warum?«

»Das wird Spaß machen, und außerdem möchte ich dir eine Geschichte erzählen«, antwortete Kate. »Bereit?«

Die beiden ließen sich fallen, breiteten Arme und Beine aus und während sie das taten, erzählte Kate Coop davon, wie sie ihren Großvater verloren hatte, und dann, aus irgendeinem Grund, auch davon, wie sie den Mann verloren hatte, den sie geliebt hatte. Dann standen die beiden vorsichtig gemeinsam auf und hüpften aus ihren Umrissen.

»Cool«, sagte Coop mit einem Lächeln. »Darf ich Sie was fragen?«

»Klar, alles, was du willst.«

»Glauben Sie an Engel?«

»Ja, das tue ich«, sagte Kate und erinnerte sich an die Worte ihrer Mutter. »Ich glaube, dass Engel überall um uns herum sind. Ich glaube, dass Menschen wie deine Mutter, die wir lieben und vermissen, um uns herum sind, auch wenn wir sie nicht sehen können. Manchmal nehmen sie vielleicht die Gestalt eines Kardinals an oder eines Kolibris, oder manchmal lebt ihr Geist vielleicht in dem Baum weiter, den wir uns zu Weihnachten aussuchen.«

Kate lächelte den Jungen an.

»Engel sind Boten, Coop«, sagte sie. »Eine Art Vermittler oder Zwischenhändler zwischen Himmel und Erde. Aber du musst dir bewusst sein, dass Engel da sind. Die meisten Menschen gehen durchs Leben, ohne zu sehen, was überall um sie herum ist. Es ist leicht, in dieser Welt verlorenzugehen. Es ist schwer, achtsam zu bleiben.«

Coop war einen Moment lang still, dann schrie er plötzlich – so laut, dass Kardinäle in einem Baum in der Nähe erschrocken aufflogen – »Den da!«

Kate folgte seinem ausgestreckten Finger zu einer wunderschönen Blaufichte, die rund und dicht war, mit dem idealen Wipfel für eine Baumspitze.

»Perfekt!«, sagte Kate. »Warum genau die?«

Coop schaute zu Kate hoch, und sein ernstes Gesicht war ein starker Gegensatz zu dem auf seiner

Mütze. »Meine Mom hat es mir gesagt«, antwortete er, bevor er mit einem Augenzwinkern flüsterte: »Ich habe zugehört.«

Kate sprang das Herz in die Kehle, und sie ging hinüber zu dem Baum, kniete sich in den Schnee und begann zu sägen, während ihre Arbeit ihre Tränen verbarg.

»Baum fällt!«, schrie Coop, als der Baum kippte. »Bringen wir ihn rein. Ich helfe Ihnen beim Schmücken.«

Mit Engeln, dachte Kate, als die beiden den Baum zum Haus schleppten.

Nachdem sie den Baum in den Ständer gestellt und kräftig mit Wasser gegossen hatten, begann Kate, ihren Engelsschmuck herauszuholen.

O nein, ich habe keine Baumspitze mitgebracht! Wie konnte ich die vergessen?

Sie schloss die Augen und erinnerte sich daran, wie Tyler den Familienengel erst letztes Jahr auf dem Baum platziert hatte.

Ich habe ihn in einer alten Schachtel versteckt, erinnerte sie sich schließlich. *Ich konnte es nicht ertragen, ihn dieses Jahr anzusehen.*

»Wow«, riss Coop sie aus ihren Gedanken. Kate schaute hoch und sah, dass er den geschnitzten Engel an die Spitze eines Zweiges hängte. »Woher wussten Sie das?«

»Woher wusste ich was?«, fragte sie.

»Wie gern meine Mom Engel mochte«, antwortete er. Coop ging zur Wand und zeigte auf ein Familienporträt. »Sehen Sie!«

Kate ging zu ihm und betrachtete das Foto der Familie. Coops kleinem Finger folgend, der auf das Glas des Fotos tippte, beugte sie sich vor.

Unvermittelt schlug ihr das Herz bis zum Hals. Sie beugte sich noch weiter vor, um das Bild zu mustern: Ella trug eine Engelsbrosche genau wie die von Kate.

4. Teil

Die Plätzchenform

Kate beugte sich vor und nahm ein mit Zuckerguss bemaltes Plätzchen in Form eines Weihnachtsmanns aus der Blechdose, die auf dem Couchtisch ihres kleinen Wohnzimmers stand.

»Ho, ho, ho«, sagte sie, bevor sie Santa den Kopf abbiss. »Tut mir leid.«

Sie bürstete sich die Krümel vom Flanellpyjama, streckte sich noch weiter auf dem Sofa aus und zappte abwesend durchs Fernsehprogramm.

Fröhliche Weihnachten? Nein.

Das Wunder von Manhattan? Nö.

Ist das Leben nicht schön? Ganz sicher nicht.

Bei einer Makler-Realityshow blieb sie hängen und sah zu, wie ein Pärchen auf einer tropischen Insel auf Haussuche ging.

»Ich hätte dieses Weihnachten unbedingt irgendwo hinfahren sollen«, sagte Kate laut, während sie sich ein weiteres Plätzchen nahm, diesmal in Form eines Sterns, und alle fünf Zacken abbiss. »Irgendwohin, wo es sonnig ist«, brummte sie, und wieder fielen ihr Krümel aus dem Mund.

Sie schaute hinaus in die kalte St.-Louis-Nacht. Ihre Nachbarschaft erstrahlte in Weihnachtsbeleuchtung, während ihr Haus dunkel war. Kate versuchte angestrengt zu verhindern, dass ihre Gedanken ein Jahr zurückwanderten, aber es gelang ihr nicht, und sie erinnerte sich daran, wie sie mit Tyler auf diesem Sofa gekuschelt und Weihnachtsfilme geguckt hatte, nachdem sie den Tag damit verbracht hatten, Weihnachtsplätzchen zu backen.

Zuckergussplätzchen mit den alten Ausstechformen ihrer Großmutter zu machen – Metallformen vom Weihnachtsmann, dem Nordstern, Zuckerstangen, Weihnachtsbäumen, Glocken, Schneeflocken und natürlich Kates Lieblingsform, Engeln – war eine von Kates kostbarsten Kindheitserinnerungen.

Bei jedem Ausstechen der Plätzchen konnte Kate auch den Druck der Hände ihrer Großmutter und Mutter an den abgenutzten roten und grünen Holzgriffen an der Rückseite jeder Plätzchenform spüren.

Sie liebte diese Erinnerung und die Plätzchen so sehr, dass sie zum typischen Dankeschön-Geschenk ihrer Firma für alle Kunden geworden waren, die sie während der Weihnachtszeit engagierten. Kate hatte neue Ausstechformen gekauft, aber die konnten mit der Geschichte und Schönheit der alten Erbstücke nie mithalten.

Kate griff nach einem weiteren der Plätzchen, die ihre Mutter gebacken und ihr heute geschickt hatte, hielt sich dann jedoch zurück.

Ich werde dieses Jahr keine Plätzchen backen, dachte sie.

Dann dachte sie an Coop.

Glaube ich wirklich an Engel?, fragte sie sich. *Oder habe ich ihn nur angelogen, damit er sich besser fühlt? Und hat meine Mom mit mir dasselbe gemacht?*

Nervös beäugte Kate das verpackte Geschenk, das neben der Plätzchendose stand.

An: Kate, stand auf dem Geschenkanhänger. *In Liebe: Mom.*

Sie hatte es über sich gebracht, die Plätzchendose aufzumachen, die in der geschwungenen Handschrift ihrer Mutter mit ZERBRECHLICH! PLÄTZCHEN! KOSTBARE FRACHT! beschriftet gewesen war, aber sie hatte die dazugehörige Karte oder das Geschenk noch nicht öffnen können, da sie nicht wusste, ob sie schon mit dem fröhlichen Optimismus und den ungebetenen, aber wohlmeinenden Ratschlägen ihrer Mutter umgehen konnte.

Nervös nahm sie sich doch noch ein Plätzchen, diesmal eine hübsche Glocke, und schob es sich in den Mund.

»Augen zu und durch«, murmelte sie, dann nahm sie die Karte und das Geschenk. Sie spürte den Zucker durch ihr Blut rauschen, als sie die Karte herausnahm, die einen Engel auf der Spitze eines Weihnachtsbaums zeigte.

Für meinen Engel, stand auf der Vorderseite.

Natürlich, dachte Kate.

Sie öffnete die Karte.

Meine liebe Kate,

diese Plätzchen sind nur eine kleine Erinnerung daran, wie süß das Leben ist. Weißt Du noch, wie viel Spaß wir dabei hatten, sie mit Grandma zu backen? Wir werden Dich dieses Jahr an Weihnachten vermissen. Ich weiß, wie beschäftigt Du während der Feiertage bist, aber ich halte den Rest Deiner Geschenke für Dich warm, bis ich Dir dabei zusehen kann, wie du sie auspackst. Die erste Januarwoche wird unser verspätetes Weihnachten, okay?
Ich mache mir Sorgen um Dich. Ich weiß, dass Du traurig bist. Aber Du weißt, dass Deine Arbeit keinen Weihnachtstruthahn mit Dir braten oder Plätzchen backen oder mit Dir unter dem Baum sitzen und Geschenke auspacken kann.
Du solltest ein bisschen Spaß haben. Geh wieder aus Dir heraus. Das Leben ist kurz. Back Plätzchen für Deine Kunden. Geh mit einer Freundin was trinken. Ich wette, Du wurdest zu hundert Partys eingeladen.
Vergiss nicht, was Deine Großmutter immer gesagt hat:
»Das Leben ist eine Qual, und während der Feiertage verstärkt sich die Qual und Traurigkeit eines jeden. Aber auch die Freude lässt sich verstärken.«
Das Leben ist nicht perfekt, Kate, wie die Welt, die Du dekorierst, und die Partys, die Du organisierst,

aber es kann trotzdem so schön sein wie jeder Baum, den Du mit Lichtern schmückst.
Mein erstes Geschenk an Dich dieses Weihnachten ist das persönlichste: Ich hoffe, es hilft Dir dabei, Deine Freude wiederzufinden, Dich wieder aufzuschwingen, den Weihnachtsgeist wieder zu spüren.
Verliere nicht Dein Strahlen. Du bist das strahlendste Licht der Welt. Du bist auch mein strahlendstes Licht.
Du bist mein Engel.
In Liebe, Mom

PS: Und iss nicht alle Plätzchen an einem Abend. Leg das Plätzchen weg, Kate!

Kate lachte laut auf, dann strich sie mit den Fingerspitzen zärtlich über die Handschrift ihrer Mutter. Sie griff nach dem Geschenk, das in Peanuts-Geschenkpapier eingewickelt war – Charlie Brown, Linus und Snoopy um den gebrechlichen Weihnachtsbaum mit den fallenden Nadeln, den Charlie gerettet und Linus in seine Decke gewickelt hatte.

Als sie die Schachtel öffnete, schnappte sie nach Luft: Darin lagen die alten Ausstechformen ihrer Familie.

Sie nahm die Form von Santa heraus, den Nordstern, Zuckerstangen, Weihnachtsbäume, Glocken, eine Schneeflocke. Schließlich nahm Kate die Ausstechform eines Engels.

Sie stellte die Schachtel ab und versuchte, sich zu beruhigen. Wieder nahm sie die Fernbedienung und wechselte den Sender, um sich abzulenken, diesmal blieb sie beim Food Network hängen, wo gerade ein Weihnachtsplätzchen-Backwettbewerb lief.

Versucht das Universum, mir etwas zu sagen?

Ihr Telefon klingelte, und sie ging ran, ohne hinzusehen, weil sie glaubte, dass es ihre Mom sein musste.

»Ich hab das Plätzchen weggelegt, Mom«, sagte sie.

Das dröhnende Lachen eines Mannes schallte durch die Leitung. »Freut mich zu hören«, sagte er.

»Wer ist da?«, fragte Kate in plötzlicher Panik.

»Chad Cooper.«

Mit rasendem Herzen setzte Kate sich auf.

»Ist alles in Ordnung?«, fragte sie noch panischer, als ihr bewusst wurde, dass sie nichts von ihm gehört hatte, seit sie mit seinem Sohn sein Haus dekoriert hatte.

»Mehr als in Ordnung«, antwortete er sanft. »Ich …« Er zögerte. »Es tut mir leid, wenn ich so aus heiterem Himmel anrufe, aber ich musste mich einfach bei Ihnen melden. Ihre Assistentin hat mir Ihre Privatnummer gegeben.« Er brach ab. »Ich kann Ihnen gar nicht genug dafür danken, was Sie hier getan haben.«

»Na ja, das war alles die Idee Ihrer Partner«, setzte Kate an.

»Nein«, widersprach er. »Ich meine, die Dekoration ist wunderschön, aber es geht eigentlich darum, was Sie für meinen Sohn getan haben. Er ist …«, wieder zögerte er, und seine Stimme wurde weich, »wieder da. Er ist wieder ein Kind.«

Kate blieb einen Moment lang stumm. Die Emotion in Chads Stimme war greifbar, beinahe, als zwinge er die Worte, herauszukommen, und die Bedeutung hinter seinen Worten rührte Kates Herz.

»Ich habe doch gar nichts gemacht«, wiegelte sie ab.

Das war jetzt die falsche Antwort, dachte sie, kaum dass die Worte heraus waren.

»Ich glaube, eine Geschworenenjury würde anders entscheiden«, erwiderte Chad. »Falls Sie morgen Gelegenheit dazu haben, würde Coop sich sehr freuen, wenn Sie vorbeischauen könnten. Da gibt es etwas, das er Ihnen zeigen möchte.«

»Ich bin schrecklich beschäftigt«, begann Kate.

»Ich weiß«, antwortete Chad. »Ich dachte nur …« Er brach ab. »Ich wollte Ihnen nur danken. Ich wünsche Ihnen ein tolles Wochenende. Und falls ich Sie nicht mehr sehe, noch ein schönes Weihnachtsfest.«

Mit diesen Worten legte Chad auf.

Was ist da gerade passiert?, dachte Kate.

Ihre Augen flogen zum Fernseher, wo Amateurköche ihre besten Weihnachtsplätzchen backten. Es folgte eine Werbepause, als einer der Bäcker erkannte, dass er vergessen hatte, Backpulver in seinen Teig zu tun. Kate begann wieder, durch die Kanäle zu zappen, aber ein Werbespot für einen Weihnachtsengelkuchen ließ sie erstarren.

Sie stand auf, nahm ihr Geschenk und ging in die Küche. Dort schaltete sie das Licht und den Ofen an, nahm etwas Zucker und Puderzucker, Mehl, Butter, Eier und Vanille heraus und machte ihren türkisblauen Mixer einsatzbereit. Dann reihte sie eine Armee an Lebensmittelfarben auf – Rot, Grün, Blau, Gold, sowie die besten Freunde ihrer Weihnachtsplätzchen: bunte Streusel, Zuckerdeko in Form von Stechpalmenblättern und -beeren, farblich sortierte Liebesperlen, kleine und große Zuckerschneeflocken, Spritztüten und -tüllen und Zahnstocher. Dann legte sie sich ihre handgemachten Firmengeschenkanhänger in Form kleiner Weihnachtsbäume zurecht. Schließlich legte sie die alten Familienausstechformen auf die Arbeitsfläche.

Ohne nachzudenken, sagte sie: »Alexa, spiel Weihnachtslieder.« Während Bing Crosby zu singen begann, erinnerte Kate sich an all die Weihnachten, an denen sie mit ihrer Mom und ihrer Grandma Plätzchen gebacken hatte, all die Weihnachten, an denen ihre Familie in der Nähe gewesen war, all die Kunden, deren Leben sie im Lauf des Jahres ein bisschen fröhlicher gemacht hatte, und sogar an die Liebe, die sie für Tyler empfunden hatte.

Kate begann, die Zutaten für den Teig zusammenzumischen, doch dann hielt sie kurz inne, um die Ausstechform eines Engels in die Hand zu nehmen. Mit den Fingern zog sie seine himmlischen Konturen nach, spürte den hölzernen Griff, der liebevoll von Generationen ihrer Familie gehalten worden war.

Ein Lächeln huschte über ihr Gesicht, und sie mixte weiter.

5. Teil

Die Baumspitze

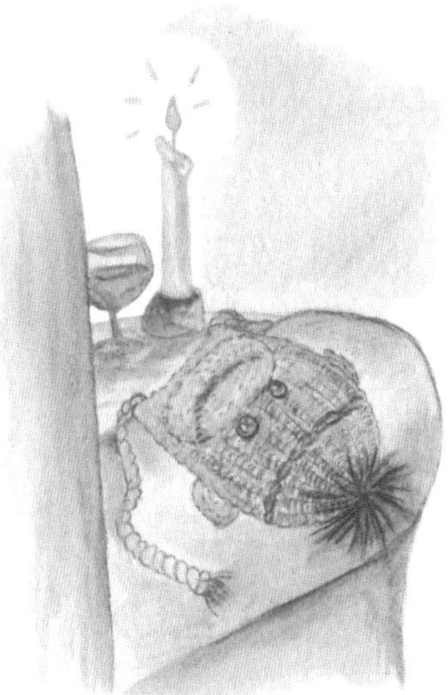

»Das ist aber eine Überraschung!«, sagte Chad Cooper am folgenden Morgen, als er in einem schwarzen Rollkragenpullover und grauen Stoffhosen die Tür öffnete.

»Ich bringe Ihnen Plätzchen«, sprudelte es schnell aus Kate heraus.

Chad lächelte, doch dann verblasste sein Lächeln wieder, als er Kate musterte.

Unvermittelt wünschte sie sich, sie hätte sich mehr Mühe mit ihrer Kleidung gegeben, statt nur Jeans und den alten Pullover anzuziehen und die alte Bomberjacke überzuwerfen.

Wenigstens habe ich meine Engelsbrosche angesteckt, sagte sie sich.

»Also haben Sie endlich die Plätzchen weggelegt und mir einfach die Reste gebracht?«, scherzte Chad mit einem Kopfschütteln.

Kate zuckte zusammen, dann lachte sie. »Sie haben ein Gedächtnis wie ein Elefant.«

»Ich bin Prozessanwalt«, konterte Chad, und seine haselnussbraunen Augen leuchteten im Sonnenlicht. »Kommen Sie rein. Es ist eiskalt hier draußen.«

Er führte Kate in die Küche, und sie gab ihm die Plätzchen.

»Darf ich?«, fragte Chad. Als Kate nickte, machte er die Tupperdose auf. »Wow! Die sind ja richtige Kunstwerke. Genau wie Ihre Weihnachtsdekoration.«

»Danke«, sagte Kate errötend.

»Und lecker.« Chad nahm sich ein Weihnachtsmannplätzchen und biss den dicken Zuckergussbart ab. »Machen Sie die für alle Ihre Kunden?«

»Das habe ich früher gemacht«, antwortete sie. »Aber nicht dieses Jahr.«

»Warum denn nicht?« Chad stopfte sich Santas rote Zuckergussmütze in den Mund.

Nervös wandte Kate den Blick ab.

»Tut mir leid«, sagte er. »Ich neige dazu, viel zu viele Fragen zu stellen. Das liegt in meiner Natur. Möchten Sie vielleicht etwas?«, fuhr Chad fort. »Ich meine, Sie haben mir Plätzchen gebracht. Eine Tasse Kaffee, Wasser, ein Glas Wein …?«

Kate schaute übertrieben auf ihre Uhr. »Wein? Es ist doch erst zwei Uhr nachmittags.«

»Es ist Sonntag, ich war in der Kirche, und ich bin katholisch«, erwiderte Chad. »Also liegt Wein um zwei Uhr nachmittags auch in meiner Natur.« Er lächelte. »Janet ist mit Coop in irgendein Weihnachtsdings im Zoo gegangen. Sie sollten bald zurück sein.«

»Also gut«, willigte Kate ein. »Ich nehme ein Glas von irgendwas Rotem.«

»Die richtige Antwort – und Farbe – für die Königin der Weihnachtsdekoration.«

Chad nahm eine Flasche Wein aus einem Weinregal und schnappte sich einen elektrischen Flaschenöffner.

Dann schenkte er zwei Gläser ein, reichte Kate eines davon und sagte »Folgen Sie mir«, um sie ins Wohnzimmer zu führen.

Sie nahm in einem an Hemingway erinnernden Ledersessel in der Nähe des prasselnden Kamins Platz und kostete einen Schluck Wein. »Mmmmh, der ist wunderbar.«

»Das ist ein Côtes du Rhône«, sagte er. »Ich habe eine Kiste davon von einer Reise nach Frankreich mitgebracht.« Mit seinem Glas in der Hand deutete er auf den Weihnachtsbaum. »Ich wette, Sie bekommen nie Gelegenheit, Ihr eigenes Werk zu genießen«, meinte er.

»Stimmt«, antwortete Kate. Seine einfache Feststellung ließ etwas tief in ihr anklingen. »Ich hoffe, Ihnen gefällt, was ich gemacht habe. Es war nicht die leichteste Aufgabe unter diesen Umständen.«

Chad hob sein Glas, um zu trinken, hielt dann jedoch inne. Ein paar Sekunden lang herrschte Schweigen. »So habe ich das nicht gemeint«, versuchte Kate nervös, die peinliche Lücke zu füllen. Zögernd trank sie einen Schluck Wein. »Es ist nur, wissen Sie, da Ihre Partner mich beauftragt haben und Sie es nicht wussten und ich Sie nicht kannte und Coop hier war …« Sie brach ab. »Ich plappere dummes Zeug.«

Chad lächelte. »Ich weiß, dass Sie es nicht so gemeint haben.« Er ließ sich in einem Sessel gegenüber von Kate nieder. »Nicht nötig, sich zu entschuldigen. Das muss eine etwas merkwürdige Situation gewesen sein.« Diesmal war er es, der zögerte und einen Schluck Wein trank. Er sah Kate an und sagte mit sanfter Stimme: »Die Menschen finden es jetzt schwierig, mit mir zu reden. Sie sind ständig nervös. Sie behandeln mich, als würde ich zusammenbrechen oder schreien oder wegrennen oder ich weiß nicht was.«

Chad sah ins Feuer, dessen Wärme sein attraktives Gesicht leuchten ließ. »Meine Frau war sehr lange krank«, sagte er schließlich. »Ich wurde von einer Sekunde auf die andere von ihrem Verlobten zu ihrem Pfleger. Und wir haben darum gekämpft, Coop zu bekommen. Ich würde nicht das Geringste ändern. Unsere Liebe war …« Chad brach ab, und Kate konnte sehen, dass seine Lippen zitterten. Sein Blick landete auf dem Weihnachtsbaum. »… rein. So groß wie der Himmel.«

Kate konnte ihren Herzschlag bis zum Hals spüren.

»Ich bin so müde.« Er sah Kate an. »Das kann ich nie irgendjemandem gegenüber zugeben.«

Ich auch nicht, dachte Kate. *Tyler zu verlieren war*

hart, aber ich kann mir nicht vorstellen, wie es ist, eine Ehefrau und eine Mutter zu verlieren.

»Es tut mir so leid«, sagte sie. »So leid.«

»Ich weiß«, erwiderte Chad. »Ich habe gar keine Ahnung, warum ich Ihnen all das erzähle«, fuhr er fort. »Ich glaube, zum Teil, weil ich Sie nicht sehr gut kenne, und zum Teil, weil ich glaube, dass Sie einer der ersten Menschen sind, der meinem Sohn gesagt hat, dass es okay ist, wieder zu lächeln, Spaß zu haben, sich an seine Mom zu erinnern und trotzdem ohne sie weiterzuleben, ganz gleich, wie schwer es ist. Wir brauchen es, das zu hören, wissen Sie. Ich möchte, dass Coop wieder ein kleiner Junge ist, und Sie haben ihm dabei geholfen.« Chad hob sein Glas. »Also, danke!«

Lächelnd beugte Kate sich vor, um mit ihm anzustoßen.

»Warum sind Sie nicht bei Ihrer Familie?«, fragte er. »Wir haben nur noch ein paar Tage bis Weihnachten.« Er brach ab. »Sehen Sie, liegt in meiner Natur.«

»Warum sind Sie es nicht?«, stellte sie die Gegenfrage.

»Ich … kann nicht«, antwortete er. »Ich bin dieses Jahr einfach noch nicht bereit dazu. Sie?«

»Ich auch nicht. Lange Geschichte«, antwortete Kate. »Gebrochenes Herz.«

»Erzählen Sie mir davon, wenn Sie wollen«, bot Chad an. »Ich bin ein guter Zuhörer. Ich kenne mich aus mit gebrochenen Herzen. Und möchten Sie ein Geheimnis wissen?« Kate nickte. »Ich habe nicht etwa Football geguckt, als Sie kamen. Ich habe mir eine alte Schnulze angesehen. Das ist eins meiner schmutzigen Geheimnisse.«

Da musste Kate laut lachen und dann, aus irgendeinem Grund, erzählte sie ihm alles von Tyler. Als sie fertig war, waren ihre Gläser leer. Chad stand auf, und Kate dachte, er wolle ihr Wein nachschenken, doch stattdessen beugte er sich zu ihr herunter und umarmte sie so zärtlich und aufrichtig, dass Kate zum ersten Mal seit einer Ewigkeit spürte, wie sie sich entspannte.

»Danke fürs Zuhören«, sagte sie. »Es hat sich gut angefühlt, das rauszulassen.«

Kate lächelte, als Chad sich wieder setzte. *Ich komme mir ein bisschen albern vor, ihm das erzählt zu haben nach allem, was er durchgemacht hat*, dachte sie. *Ich kann mir gar nicht vorstellen, wie es für einen Dad und seinen kleinen Jungen sein muss, ganz allein zu sein.*

Chad spürte, was sie empfand. »Verlust kann uns auf alle möglichen Arten treffen«, sagte er, »und jeder von uns reagiert anders darauf. Ich vermisse Ella jeden Tag, und ich bin sicher, Sie vermissen Tyler auch immer noch.«

Kate nickte. »Also waren Sie deshalb nicht auf der Weihnachtsfeier Ihrer Firma?«

Chad nickte. »Ich konnte es einfach nicht«, antwortete er. »Genauso, wie ich dieses Jahr meine oder Ellas Familie nicht besuchen kann. Es klingt so unglaublich egoistisch, und ich weiß, dass Coop seine Großeltern braucht, aber …«, er ließ seine Stimme versiegen, »… die Leute scheinen nicht wirklich zu wollen, dass Coop oder ich schon unser Leben weiterleben. Ich weiß, es ist früh für sie, für mich, für uns alle, aber sie wollen irgendwie, dass wir so bleiben, wie wir immer waren – in einem Stillleben, wie die Kunstwerke, die ich sammle –, aber das ist nicht das wahre Leben, und das ist nicht, was Ella gewollt hätte. Ich dachte, es wäre wichtig, dass es dieses Jahr nur wir beide sind.« Chad zögerte.

»Ich habe meine Frau fast ein Jahrzehnt lang gepflegt«, fuhr er fort. »Ich habe sie mehr geliebt als alles auf der Welt bis auf unseren Sohn. Aber ich bin nun schon lange in diesem festen Korsett, fast als würde ich den Atem anhalten.«

Chad stieß einen leisen Seufzer aus. »Ich muss wieder anfangen zu atmen, einen Tag nach dem anderen«, sagte er. Er hielt inne und wandte sich zum Baum um. »Ella liebte die Weihnachtszeit.« Wieder zögerte er. »Warum die Engel? Woher wussten Sie, dass sie für unsere Familie etwas Besonderes sind?«

»Das wusste ich nicht«, erwiderte Kate. »Ich bin einfach meiner Intuition gefolgt. Sie hatten ein paar

Bemerkungen über Engel gemacht. Und dann sagte Coop mir, wie sehr seine Mutter sie geliebt hat.«

»Es tut mir leid, aber ich muss Sie fragen, wo Sie diese Brosche herhaben.« Chads Stimme war mit einem Mal weich. »Sie geht mir nicht mehr aus dem Kopf, seit ich Sie in meinem Büro damit gesehen habe.«

Kate nickte. »Und mir geht sie nicht mehr aus dem Kopf, seit Coop mir ein Foto Ihrer Frau mit einer Brosche genau wie meiner gezeigt hat«, gestand sie. »Ein wirklich merkwürdiger Zufall, nicht wahr? Das war ein Geschenk von meinem Ex. Es war das letzte Geschenk, das er mir gab … letzte Weihnachten … bevor wir uns getrennt haben.«

»Würde es Sie stören, wenn ich sie mir mal ansehe?«, fragte Chad.

»Nein.« Kate nahm den Engel ab und reichte ihn Chad.

Er untersuchte ihn aufmerksam, drehte ihn um und fuhr mit den Fingerspitzen über jeden Winkel, bevor er Kate in die Augen sah. »Das ist die Brosche meiner Frau. Da bin ich mir zu einhundert Prozent sicher.«

Kate blieb der Mund offen stehen. »Was? Unmöglich. Das kann nicht sein.«

Wieder nahm Chad die Brosche genau unter die Lupe. »Ich weiß nicht, was damals über mich kam, aber ich konnte den Anblick der Brosche nach Ellas

Tod nicht mehr ertragen, besonders nicht direkt vor Weihnachten. Sie trug sie in der Weihnachtszeit jeden Tag. Ich habe sie ihr zu unserem ersten Weihnachtsfest geschenkt. Sie liebte Antiquitäten, und sie liebte Engel. Diese Brosche lag einfach so auf ihrer Kommode – als schien sie auf sie zu warten –, und das quälte mich. Ich war so voller Trauer, dass ich sie eines Tages auf dem Weg zur Arbeit mitnahm, auf dem Heimweg in einen Antiquitätenladen in der Innenstadt ging und sie verkaufte. Das war das Dümmste, was ich je getan habe. Ich hätte nie gedacht, dass ich sie je wiedersehen würde.«

Er machte Anstalten, sie Kate zurückzugeben.

»Nein«, protestierte Kate. »Behalten Sie sie. Sie gehört Ihnen.«

»Nein«, widersprach er leise. »Sie gehört Ihnen.«

Er sah Kate an. »Sie muss Ihnen gehören. Sie passt zu Ihnen.«

Er hielt inne und sah aus dem Fenster, bevor er seinen Blick wieder auf Kate richtete, die feststellte, dass seine Augen fast die gleiche Farbe hatten wie die Zweige des Weihnachtsbaums. »Es hat einfach so viele Zufälle zwischen uns gegeben, nicht wahr? Dass wir uns im Einkaufszentrum über den Weg gelaufen sind. Das Dekorieren. Die Engel. Es ist, als hätten sich unsere Flugpläne absichtlich gekreuzt.«

Chad reichte ihr den Engel zurück, und sie steckte ihn wieder an ihren Pullover.

»Ich denke, da hat meine Frau die Hand im Spiel«, sagte er. Mit ergriffener Miene sah er Kate an. »Das hört sich verrückt an, aber das denke ich.«

Kate senkte den Kopf.

»Was denken Sie?«, fragte Chad.

»Es ist nicht verrückt«, antwortete sie. »Ich denke, wir sind von Engeln umgeben.«

»Glauben Sie an Engel? Ich weiß, das habe ich Sie schon mal gefragt, aber ich bin immer noch unschlüssig.«

Kate schaute zu Chad hinüber. »Das habe ich mal, und dann nicht mehr«, antwortete sie, bevor sie den Baum und dann ihre Brosche ansah. »Aber was bleibt uns, wenn wir es nicht tun? Sollten wir nicht an Dinge glauben, die wir nicht sehen oder verstehen können? Sollten wir nicht die Weihnachtszeit und das Leben mit Hoffnung betrachten, ganz egal, wie sehr die Welt uns fertigmacht?«

Sie brach ab und starrte wieder den Weihnachtsbaum an. »Und ja, ich glaube immer noch an Engel«, sagte sie. »Irgendwie müssen wir alle lernen, das Mögliche im Unmöglichen zu sehen. Irgendwie müssen wir alle lernen, wieder zu fliegen, nicht wahr?«

Kate hörte ihre Worte in ihren Kopf widerhallen, und in diesem Moment erkannte sie: Das war der Rat, den ihre Mutter ihr hatte vermitteln wollen.

Ich war bis jetzt nur zu festgefahren und depressiv, um es zu hören, erkannte sie endlich.

»Daaaaadd!«

In diesem Moment rannte Coop ins Zimmer und sprang seinem Dad auf den Schoß. »Wir hatten Riesenspaß im Zoo«, erzählte er. »Und alle fanden meine Mütze toll, weil es ein Affe ist!«

»Das freut mich«, sagte Chad. »Du erinnerst dich doch noch an Miss Roseberry, oder?«

»Der Weihnachtsengel!«, schrie Coop. »Ja! Oh, Moment mal! Ich hab was, was ich Ihnen zeigen will!«

Er sprang seinem Dad vom Schoß und rannte davon, dann polterten seine Schritte die Treppe hoch. Einen Moment später war er außer Atem wieder zurück und versteckte etwas hinter seinem Rücken. Kate hob die Hände und sah mit einem »Was ist hier los?«-Blick zu Chad, der mit den Schultern zuckte.

»Ich … na ja, wir … haben ein Geschenk für Sie gemacht«, sagte Coop außer Atem. Mit der freien Hand zog er sich die Äffchenmütze vom Kopf und warf sie beiseite, dadurch ließ ihm die statische Aufladung die Haare vom Kopf abstehen, als wollten sie seine Aufregung unterstreichen.

»Was ist es denn?«

»Ta-da! Es ist eine Baumspitze!«

Coop holte einen Engel aus weißem Bastelpapier hinter seinem Rücken hervor – er bestand aus einem Kreis, der zu einem Kegel geformt war, um ein fließendes Gewand darzustellen, und hatte goldene Flügel, in die aufwendige Muster wie bei einer Schneeflocke geschnitten waren. Coop hatte das Gesicht des Engels mit Wachsmalstiften bemalt und die Vorderseite mit kleinen Herzchen verziert. Über dem Kopf hatte der Engel einen Heiligenschein aus silbernen Lamettafäden.

»Er ist wunderschön.« Kate stand auf und nahm den Engel aus Coops Hand.

»Danke«, sagte Coop. »Wissen Sie noch, wie traurig Sie waren, als Sie keinen für die Baumspitze finden konnten?«

Kate nickte.

»Ich wollte einen für Sie und für uns basteln«, fuhr er fort. »Und sehen Sie, was hinten draufsteht? Ella. Der Name meiner Mom.«

Kate lächelte, und überwältigt von Coops Liebe für seine Mom füllten sich ihre Augen mit Tränen. »Sie wäre so stolz auf dich«, sagte sie.

»Mein Dad hat mir beim Basteln geholfen, aber das meiste der harten Arbeit hab ich gemacht«, erzählte Coop stolz. »Aber er war's, der dachte, dass Sie hier sein sollten, um uns zu helfen, ihn auf den Baum zu stecken.«

»Ach, wirklich?« Kate sah Chad an und erinnerte sich, dass er gesagt hatte, sein Sohn wäre es gewesen, der wollte, dass sie es sah.

Unschuldig zuckte Chad die Schultern, bevor er aufstand. »Können wir?«, fragte er.

Die drei versammelten sich um den Baum, und

Chad zog eine Ottomane heran und stellte sich drauf. Coop reichte ihm den Engel, dann streckte Chad sich, um ihn auf die Spitze des Baumes zu stecken. Doch mitten in der Bewegung hielt er inne.

»Das scheint mir eher Ihr Ding zu sein«, sagte er und stieg von der Ottomane, um Kate den Engel zu reichen.

Woher weiß er das?

»Das kann ich nicht«, protestierte sie. »Das ist Ihr Familienbaum.«

»Doch, das können Sie«, beharrte Chad. Er half ihr auf die Ottomane. »Eine neue Tradition, um eine alte zu ehren.«

Lächelnd steckte Kate den selbstgebastelten Engel auf die Baumspitze und richtete ihn aus, bis er vollkommen gerade saß. Als sie wieder von der Ottomane stieg, war ihr danach, Chad zu umarmen.

Kate, tadelte sie sich kopfschüttelnd. *Du hast ihn doch gerade erst kennengelernt.*

»Perfekt!«, strahlte Chad. »Hey, wie wär's mit Plätzchen, Coop? Miss Roseberry hat Zuckergussplätzchen in all deinen Lieblingsformen mitgebracht. Da sind sogar ein paar Engel dabei!«

»Plätzchen!«, jubelte Coop und rannte los in die Küche.

Kate lachte.

»Hey, ich habe mich gerade gefragt«, setzte Chad mit leiser Stimme an, »ob Sie Zeit hätten, mir dabei zu helfen, für Silvester zu dekorieren. Oder vielleicht auch nur, um auf ein Glas Champagner vorbeizuschauen.«

Kate errötete. »Das würde ich sehr gern, aber das ist ein großer Abend für mich«, sagte sie. »Sie wissen schon, alle Kunden mit ihren Silvesterpartys.«

»Und guten Vorsätzen«, fügte Chad hinzu. »Ich weiß, Coop würde es freuen, wenn Sie sich den Baum noch mal ansehen kommen. Und vielleicht *Buddy, der Weihnachtself* mit ihm gucken.«

»Wirklich?«, fragte Kate.

»Und mich auch«, fügte er leise hinzu.

»Das wäre schön«, sagte sie errötend. »Ich werde mal sehen, ob meine Assistentin für mich einspringen kann, und versuchen, mich wegzuschleichen.« Kate stellte sich Claires Reaktion vor und musste sich ein Lächeln verkneifen. »Ich habe das ganze Jahr über nicht wirklich Pause gemacht, und ich werde über die Feiertage allein sein, also wären ein Glas Champagner und *Buddy, der Weihnachtself* schön. Ich will mich nur nicht aufdrängen.«

»Das tun Sie nicht«, erwiderte Chad leise mit einem schüchternen Lächeln.

Es folgte ein Augenblick Stille, bis auf das Knistern des Feuers.

»Wunderschöner Baum«, sagte Chad und trat einen Schritt zurück, um ihn zu bewundern. »Dachte nicht, dass ich dieses Jahr einen haben würde.«

Er verstummte und sah die Baumspitze an. »Dachte auch nicht, dass ich einen Schutzengel haben würde.«

Kate lächelte Chad an.

Ich auch nicht, dachte sie.

Plötzlich kam Coop ins Zimmer gerannt, zwei Plätzchen in der Hand.

»Ich hab Ihnen auch ein Plätzchen mitgebracht«, sagte er. »Es ist ein Engel!«

Kate nahm das Plätzchen und betrachtete es. Sein Körper war mit weißem Zuckerguss überzogen und die Flügel mit goldenen Liebesperlen verziert. Kate hatte dem Engel zwei Augen aufgemalt, die wie zum himmlischen Gebet geschlossen waren, und einen geöffneten Mund, als sänge er gerade eine frohe Hymne.

»Danke, Coop«, sagte sie.

Einen Moment lang betrachteten die drei schweigend den Baum, dann sah Coop sich im Zimmer um und begann, reihum zu zeigen.

»Engel auf dem Baum, Engel im Schnee, Engel auf den Plätzchen, Engel auf Miss Roseberry«, sagte er. Mit ernster Miene auf dem Gesicht sah er erst seinen Vater und dann Kate an. »Und Mom ist jetzt auch ein Engel.«

Chad nickte, und Kate konnte spüren, wie ihr das Herz bis zum Hals klopfte.

»Wir sind von Engeln umgeben!«, erklärte Coop entschieden. »Fröhliche Weihnachten!«

»Fröhliche Weihnachten«, antworteten Chad und Kate gemeinsam.

Dann sahen sie einander an und nickten.

Ja, lasen beide ihre Gedanken in den Augen des anderen. *Wir sind von Engeln umgeben.*